零崎人識的人間關係

與零崎雙識的關係

西尾維新
NISIOISIN

Illustration take

零崎人識的人間關係

與零崎雙識的關係

Illustration take
Cover Design Veia

登場人物簡介

零崎人識（ZEROSAKI HITOSHIKI）——殺人鬼。

零崎雙識（ZEROZAKI SOUSHIKI）——殺人鬼。

零崎軋識（ZEROZAKI KISHISHIKI）——殺人鬼。

零崎曲識（ZEROZAKI MAGASHIKI）——殺人鬼。

萩原子荻（HAGIHARA SHIOGI）——軍師。

西条玉藻（SAIJYOU TAMAMO）——狂戰士。

紫木一姬（YUKARIKI ICHIHIME）——危險信號。

時宮時雨（TOKINOMIYA SHIKURE）——操想術師。

罪口摘菜（TUMIGUCHI TUMINA）——武器職人。

奇野既知（KINO KICHI）——病毒使者。

拭森貴通（NUKUMORI NUKEMICHI）——飼育員。

死吹屍滅（SHIHUKI SHIMETU）——死配人。

咎凪尖離（TOGANAGI TOGARI）——預言者。

不過，事實證明，沒有比犯罪調查更有效果的手段。我與生俱來的直覺以及觀察推理能力，不只自己本身，就連我的父親也感到相當意外，這恐怕與我自小生長的環境，持續對犯罪行為的關心有關，因而養成如此特殊的才能。

父親犯著嘀咕：「佩蒂啊，光是妳在這間事務所就讓我心裡很不是滋味。好像在提醒我老了，不中用了。以前和哲瑞・雷恩共事的時候，也嘗過這種苦楚！」

於是，我說：「親愛的父親大人，那句話，我可以當作你對我的讚許嗎？啊啊，對了，你可以介紹哲瑞・雷恩給我認識嗎？」

那機會，比我想像中還快到來。在我回國三個月後的某天，當初從未想過會有這種際遇——不過，世上所有事件的發生，幾乎也都是如此——即使是像我，一個極度渴望且追求冒險的女子仍驚訝不已的詭異事件，就此展開。

（THE TRAGEDY OF Z by Ellery Queen）

第零章

「開場」

◆　　◆

那是一座禁不起任何旋風摧殘，搖搖欲墜的舊洋館。過去莊嚴的氣氛依舊，但外觀上卻早已不見昔日的光彩，悄悄地被周遭景色給吞沒，被時間所遺忘的地方。

在那洋館內的一間房中。

一男一女正面相對。

「——還不錯。」

有如木片般不可靠的椅子，他什麼話也沒說，就這樣坐在上頭——將長及腰部的頭髮束起，固定在脖子旁，那位穿著燕尾服的男子說。

端正的五官。

聆聽著優雅地古典樂，他看似陶醉地舒展自己的身體，闔上了眼睛。

那情景如畫，男子完全融入舊洋館的氛圍之中——唯一不自然之處，即是他拿在兩手的響板。

與其說是樂器行所販賣的節奏樂器，倒不如說是玩具店會出現的那種便宜的響板。

不過，男子卻像是捧著工匠製作的精美藝品般，小心翼翼且自豪地，

『喀、喀、喀！』

連續敲響它。

「不錯——還不錯。」

那名為零崎曲識的男子說。

最為人所避諱的殺人鬼集團・零崎一賊代表中的三天王之一——被稱作『少女趣味』的音使者。

對他來說，聲音即是武器，樂器即是兵器，旋律當然也就是凶器。

無論是小喇叭、小提琴、和太鼓、合成器，就連響板——沒有任何例外，只要到他手裡全都成了恐怖的殺人武器。

「妳的那種**能力**，真的還不錯——有聆聽的價值。或許不是現在，但不用數年，應該就能達到無人能及的領域吧——又或者說，將凌駕那紅色的人類最強之上。」

如同自言自語般，沒有起伏的，曲識靜靜地說。

事實上，平常的他就連那樣的言語，都不能輕易說出口——以音律作為武器的他，就連自己所發出的聲音，都具有相當的威力。

所以，

這並不是自言自語。

根本無須言語，天花板上的水晶吊燈不具任何功能，昏暗的房間中——或許曾經具有古董的價值，如今只像塊木板的圓桌，那對側的人物，即是曲識說話的對象。

不，與其說是人物。

說是一位少女比較恰當。

「曲弦線——是這樣說沒錯吧？又或者該說病蜘蛛。以操縱線為戰鬥手段的人很多，但病蜘蛛算是其中的翹楚。將看不見的細線，大量操控於五指間——那並不需要多大力氣，這間房早已布滿由妳所設下的結界，在看不到的地方毫無限制伸展著——有如魔術師一般，那看不見的線恣意伸展著。不，到了這種程度，或許應該說是天衣無縫才是正確的——」

雙眼始終沒有睜開。

曲識用響板拍打出節奏——繼續說。

「——說實話，在我的認知，曲弦線主要是防禦用的技術，以及多人數對戰時的拘束手段——也就是所謂的護身術。但妳卻將那護身術當做殺人術使用，將那極為安全的技術昇華至極為危險的等級。講明白一點確實令人畏懼，甚至超越了最高等級的奢侈品。如此的發想，妳應該是史上第一人吧——我跟妳保證，用不了十年，妳一定能成為這世界上無人能及的存在。不，說不定現在就已經不會輸給任何人——其實生涯無敗的稱號，就是為了像妳這樣的少女而存在的。還不錯。」

「…………」

說到這，曲識終於中斷了話題——不過，圓桌對側的少女，仍然一句話也不回答。

她才是一位奇特的少女。

與曲識不同，她和洋館的氣氛格格不入——甚至有如合成照片般突兀。毫無符合的要素，就是一位穿著國中制服的少女。

黑色的長直髮，黃色的蝴蝶結。

雙手戴著黑手套。

緊閉的雙唇——只是盯著零崎曲識看。

當然，說這些話並不是毫無目的——少女也不是茫然地坐在那裡。

在對話當中——

少女至少發動了一百五十二萬三千四百二十二次攻擊。

但全都失敗了而已。

「不過，**對妳來說則是大錯特錯**——危險信號，我就是妳的天敵。妳的技術，妳的美學，對誰都會造成威脅那種戰鬥技術——不論是數年後還是現在，對我來說仍是一點意義也沒有。曲弦線，在我身上是行不通的。」

音使者。

零崎曲識——報上了自己的名號。

「無關線的粗細——線總是不敵聲音。聲音，也就是頻率，也就是震動，除了真空的環境之外可是無所不在——因此，對於那纖細且操控精密的線來說，影響甚鉅。不管妳多想殺了我——那些細線，我都能輕易彈奏。」

妳所操控的線。

對我來說比五線譜還不具威力。

毫無表情地，曲識這麼說著。

『喀、喀、喀！』

就這樣敲擊響板使其發出低頻率的聲音——而那聲音像是帶給他核子避難所以上的防禦力，持續低鳴著。

此外，還如同節拍器般。

刻下正確的節奏。

刻下正確的速度。

對此——

被稱作危險信號的少女。

「…………」

歪著頭，一副無法理解的樣子。

即使現在，她仍不放棄取得曲識的性命，依舊淡然地重複著那毫無意義的行為。

什麼挫折。

什麼放棄。

什麼屈服。

像是完全沒有這些概念似的——持續攻擊，持續失敗。

「……還不錯。有如此的骨氣更是不錯。」

他說。

在這部分好像輸給了她，曲識終於睜開了眼睛。

睜開眼——用瞳孔捕捉著危險信號的身影。

零崎曲識是極端的殺人鬼。

無論對方是誰，無論男女老少，他都毫不手軟，趕盡殺絕。不是殺人者，不是殺人犯，不是殺人魔，而是殺人鬼——他既為零崎一賊中的一員，卻例外的以強韌的意志與堅定的信念——抑制殺人的衝動，限定自己的殺害對象。

危險信號。

她很**幸運的**，符合那個條件。

不過——卻。

卻——

「……呵呵。」

突然，危險信號笑了。

攻擊仍未停歇——她突然笑了。

「——怎麼啦?危險信號，什麼事那麼有趣。」

「啊啊——請你等一下，零崎曲識先生。現在，我正在建立**針對你的人格取向**——**觀察**已經結束，就要得出結果了。」

說完，她隨即低下頭——換了一張面孔。

那幾乎接近無表情，像是帶著面具般的少女，表情一變。

好勝的眼神如同火焰。

嘴角一股腦突然上揚。

可以稱之為粗糙或是雜亂——那笑容既不像是大人也不像是孩童。

「喀喀喀喀——喀哈哈哈哈。」

豪爽的笑聲，破壞了緊張的氣氛。

「——讓你久等了。曲識先生，我準備好了喔！」

「…………」

「怎麼啦？**你不是最喜歡這種性格嗎——**」

即使她這麼說，曲識的態度依舊沒有改變——不過，狀況卻產生了變化。曲識身上的燕尾服，在肩膀的部分出現裂痕。

至今避開了危險信號所有的攻擊，雖說只是小小的一個環節，卻確實對他造成影響。

一瞬間，他被迫陷入了沉默。

因而造成如此的結果。

雖說這是理所當然的結果——但對身為殺人鬼卻能抑制自己的殺人衝動且設立條件，以擁有鋼鐵般精神力的零崎曲識來說，是相當少見的狀況。

「——呵呵呵。」

她笑著。

詭異地笑著。

為此，曲識感到困惑不已。

那笑容。

那表情——以及突然改變的，那種性格。

對他來說——那具有與**原點**相同的意義。

「原來如此……還不錯。看樣子，妳最大的威脅並不是來自技術，也不是什麼骨氣。危險信號，而是妳那如同空洞一般的自我。」

「能被你誇獎，是我的榮幸。哈哈——本來就是這樣。不過，這也不代表我占了上風——現在差不多，才終於可以和你互相抗衡。對於病蜘蛛來說你的聲音是天敵，很遺憾的，這的確是事實。沒想到有如此的弱點，回去該好好向**師父**報告才是——但那前提是要能活著離開這裡，對吧——」

「……師父啊。到底是什麼人會願意背負如此異樣的責任呢？至少我是敬謝不敏的。」

對於曲識——以目前的狀況來說——放棄語言等同於放棄自己的武器。

即使眼前的少女不是普通人，且正被那難以言喻的詭異感受所籠罩，仍必須持續說話才行。

沒有必要繼續陷入。

若要他沉默不語，這舉動根本就是去送死般愚昧。

當然——響板聲沒有停止。

超越核子避難所的防禦。

這同樣也表示自己雙手的行動被限制住。

「你說得沒錯，應該沒有人喜歡這麼做吧？遊馬老師，她真的是位了不起的人物，甚至好得令人難以置信，與石丸小唄那個惡女有著天壤之別。跟在像師父那樣的人身邊，就算是我這樣瘋狂的傢伙，都會開始希望自己有一天能成為一個正常人。」

「那是不可能的。」

曲識有些勉強地插進危險信號的話題之中。

與節奏和音階無關，如此不合理的理論，是不能忽略也不能讓她持續到最後的。如果不早點修正，是非就會顛倒，這其實算是一個絕妙的時機。

「危險信號，即使在世界末日的那一刻，妳也不可能成為一個正常人啊！而且——我向妳保證。危險信號，雖然與妳的交情只在這短短的五分鐘殺戮內，我甚至不知道妳所屬的集團和本名，但妳絕對是魔鬼中的魔鬼，惡魔中的惡魔。」

不，這麼說或許不太恰當。

曲識敲擊響板的聲音更加響亮。

「妳是一個空洞，依附著周遭的環境與關係性生存——環境一旦改變，妳也跟著改變，周遭一旦消失，妳也將不復存在。空洞即是洞穴。通過山脈的隧道是那樣的重要——但若是沒有那座山，隧道就沒有任何效用。危險信號啊！妳確實在那裡——卻同樣不存在。」

就算妳離開——

空間也不會產生變化。

曲識並沒有用辛辣的口吻訴說這一切，言談之中反而帶著敬意。

「能夠自由變化人格的天性確實造成了威脅，令人畏懼，但妳的存在是那樣的微小，存在與否都是一樣的。不，說妳在或不在都一樣，其實不太正確。既然妳的存在能夠被忽略——妳就是不存在。」

「你恣意地發言——我可是會傷心的。」

她似乎根本不把曲識說的話當一回事。

這也是理所當然的。

目前危險信號所呈現出的人格，絕不是個會因為他人的言語而感到動搖，脆弱的個性。

事實上——這個事實對她來說並不是完全沒有壞處——

「不過你剛才有說吧？少女趣味先生，你的聲音——只有在真空時會失效吧？這麼說來，我這個個體，這個實質的空洞，空空如也的存在——對你來說相當不利吧？」

「…………」

「呵呵呵。讓我回到原來的話題吧，少女趣味先生。零崎曲識先生——如果你是病蜘蛛的天敵，那麼，病蜘蛛自然也會是你的天敵。病蜘蛛的絲若是與你沒有接觸，聲音也無法傳達過來吧？」

危險信號。

以一種完全勝利的笑容——如此說道。

「因此——你的小手段對我無效了。」

「……還不錯。」

曲識——靜靜地點著頭。

像是有所覺悟般。

安靜且深刻地點著頭。

「我以為妳不會發現……原來如此，妳早已看穿了這一切。」

「嗯嗯，如果線的弱點是聲音——那麼聲音的弱點一定也是線本身。聲音只要震動，就會干擾線的動作。病蜘蛛所設下的結界，像是在房間的各處擺放著吉他——若能彈奏也就算了，問題就是不行。若能防禦，就無法發動攻擊。一定要完全掌握那些繁複交錯的線，它們的所在位置，你的聲音，才有可能確實地傳送出去，不然，只會從中斷卻。呵呵呵，看來我們彼此——都需要纖細且精密的操作。」

危險信號的言辭——聽起來是在宣示自己的勝利。

實際上她卻還沒獲勝——單純只是明確的表現出兩人互相抗衡，不分軒輊的情況罷了。

其實也稱不上什麼明確。

換句話說——那情報似乎刻意地想要混淆視聽。

少女建立起的人格——**越是不利的情況下，越能激起鬥志**。那不可思議的人格與危險信號的自我意志無關，完全只是出自於自己要求罷了。

基於**自己本身都不明白的理由**，那種人格對曲識產生的攻擊卻是有效的——事實上，也僅能造成燕尾服破損的程度——這也顯示她的確不是個好對付的角色。

但無論如何。

少女本身——從以前就不具有什麼意志或是動機。

只是空蕩蕩的。

「不過，若真是如此——可就難處理了。危險信號啊，該如何是好呢？該說是彼此彼此嗎——彼此彼此這句話真不錯。像這樣兩人都無法往前踏出一步的狀態，會持續多久？那就得看誰的精神力比較持久了——」

「你使用那對響板，而我則用了數千條的線封印住你的雙手——所以啊，是不是有些遺憾呢？此時如果拿的是手槍，可能一瞬間就能做出了結。」

「真不像是專業的戰士所說出來的話呢！」

「但不巧，身為病蜘蛛，對於那些戰士的美學，可是一點都不在乎。」

「我想也是。一個空洞是不可能對誰產生興趣的。」

呼的一聲。

曲識——誇張地嘆了一大口氣。

絲毫不隱瞞自己的憂鬱和失望。

好像身處於相當不如意的情況之中。

「──還不錯。不過，我其實不太瞭解自己到底做了什麼，因而成為妳的目標──根本什麼都沒有。看樣子是被算計的，這是唯一可以確定的。但算計一個像我這樣無害的殺人鬼，算計一個無害的殺人鬼的理由，我怎麼想也不明白且毫無頭緒。危險信號啊，如此不講理真的行嗎？妳為什麼要這麼做呢？就算是沒有考慮到後果──妳也應該知道與我‧少女趣味為敵所必須承擔的風險才是啊！」

「風險？呵呵呵，那種事我才不在乎呢──就讓我來回答你的問題吧！」

少女的臉頰抽動了一下。

不論她是缺乏自我個性、人格特質，也不管她是空洞或是隧道，危險信號身為戰鬥狂的本能，即是一切的根本，又或者是一種警告──根本沒有必要對目標提出的問題一一做解釋。

甚至不應該做回應。

不過少女與曲識應對的人格，卻做出了不必要的事，讓自己陷入了不利的狀況，就這樣侃侃而談了起來──這連危險信號本身都無法阻止。

能夠恣意建立各種人格，但這並不代表能夠牽制對方。

左右為難──以結論來說，依附著所建立的人格才能保有自我，為了保有自我，危險信號不得不這麼做。

戰鬥不是全部。

而是為了生存。

「**前輩**並沒有要我殺了你——病蜘蛛該做的，只是要阻擋你的腳步。當然，她也有說，如果真要殺了你也無所謂。」

「阻止我？為了什麼？」

曲識刻意不去觸及那位『前輩』的存在。

沒有多問也不做出反應。

雖是個大嘴巴的『人格』，但不可能連這種事也輕易地說出來——這可能只是曲識的評估錯誤，突破那個點或許就能明白這件事的經緯，不過，他卻不想深究。

曲識逃避了。

他本來就是一個討厭麻煩與糾紛的殺人鬼。

就因為這樣的他——現況完全不如期望。

「你不可能不知道吧？我的前輩可引發了『看不見的戰爭』呢——零崎一賊與匂宮雜技團就是其中的兩大勢力不是嗎？」

「……啊啊，『看不見的戰爭』。」

那就是阿願所指的『小小的戰爭』啊——曲識呢喃著。

「——什麼嘛！真是令人意外，從我最後一次聽到這件事，已經過了一段時間，沒想到竟然還沒結束——持續、中斷、再繼續。該怎麼說呢……這也不是我能表態的事，但就是覺得很困擾。」

「呵呵呵，感到困擾這點我也同意。事實上，以一個中途參加者來看，確實是令人焦慮不已、進展緩慢的戰爭——真希望能夠乾脆一點。不過，前輩應該有前輩的計畫——而且，少女趣味先生，不需要你操心，那場戰爭，很快就會結束了。」

目前正是戰爭結束關鍵時刻——危險信號輕蔑地笑了出來。

像是在炫耀著。

炫耀著那位——她引以為傲的前輩。

「當然，不可能出現什麼握手言和的無聊結局，那一定是全數殲滅就連一草一木都不會留下的滅絕戰役。前輩獲得完全勝利，『看不見的戰爭』就此落幕——」

啊，其實我對前輩的勝敗一點興趣也沒有就是了——危險信號一臉無趣地說。

有關『前輩』其本人的想法，似乎遙遙超越了她能理解的範疇，曲識如此解讀。

什麼都不做啊。

「所以，為了那重要的終極決戰，前輩要我看著你——少女趣味先生，事到如今當然不能讓你妨礙這一切，更不可能讓你參戰——就只是這樣。這依照不同想法來看，其實很不得了對吧？不論是多強的人，匂宮雜技團或是零崎一賊，前輩都能將他們當做棋子，恣意地擺布。而你卻被擁有那種實力的前輩，刻意排除在外——」

「……參戰。」

曲識他——把椅子稍微向後傾，伸長背脊變換了姿勢。

「你不瞭解我嗎？連那樣的基本知識都沒有，就跑來這裡。功課要做足些才好啊。即使有人特地請求，我都不可能參加那種沒意義的戰爭——就如同剛才所說的，我壓根都忘了有那場戰爭的存在。若只是想要殺戮，就跑到連聲音都聽不到的地方，恣意地做自己想做的事不就行了——」

「你的個性好像真是如此——為了前輩的名譽我才這麼說，她對於你可是瞭若指掌。『我的策略之所以會這麼成功，這或許與少女趣味的不參戰有很大的關係。』——哎呀，這不是在誇獎你嗎？」

「還不錯，是我的榮幸。」

曲識隨意地作出回應。

事實上，基於那種立場的不只自己，他在心底做出了判斷——或許缺乏自覺，但眼前的那位少女，危險信號也是站在同一種立場去看待這件事，雖說是中途參加者，但少女同樣不想與那場戰爭有什麼關聯。

要不是如此，怎麼會派她來阻止曲識的腳步呢？

「——看樣子，沒有自主的個性也當不了棋子啊！」

「欸？你有說話嗎？」

「沒什麼。好，我懂你意思了。在這裡和妳約定吧！我絕對不會參加戰爭——這樣行了吧？」

「不行，完全不行——怎麼能相信你的片面之詞呢？而且，你嘴上雖這麼說，卻一度與戰爭扯上關係了不是嗎？」

「嗯……要這麼說也是。妳記得還真清楚啊！」

「請不要跟我打馬虎眼。在那名為行囊樂園的遊樂園，你與總角三姊妹對戰了不是嗎——直到最近才知道那是你的傑作，為此前輩十分留心——她不希望你到最後關頭突然插手，一切就是基於那樣的危機意識。」

「這樣啊。」

聽她這麼一說，曲識憶起當時的情形。

雖說是回憶，但畫面卻無法與記憶連結在一起——而就這樣模模糊糊地，他想起了唯一與『小小的戰爭』有關的事。

然後——嘆息。

「現在想想，當時的舉動都是多餘的——既不小心又缺乏自覺。那麼，就將目前的狀況解釋為因自己輕率的舉動所導致的後果吧！都是自作自受。真是的，都過了這麼久了，也難怪我一時無法想起當中的關聯性。」

「就是這樣。你大可放心，戰爭結束我就會放你走——所以，千萬不要想著要逃脫，也不要打其它奇怪的主意，讓我們好好相處吧！」

「好好相處?別強人所難了，要我跟誰都做不到這件事。」

基本上都是如此。而曲識他——敲擊響板的節奏稍微有了改變。

或許是因為心境上的變化，單純也可能是進到另一個段落。

「不過——綜合來看，還不錯。」

看來是那位『前輩』看破自己身為音使者，對於病蜘蛛唯一的近身抵抗手段——以困住自己為目的，她確實為不二人選。

對上天敵，天敵同樣為其天敵。

早就算計好了嗎——

「不過，雖說是光榮——但會不會太抬舉我了呢？就因為是終極決戰，單憑我一個人，我一個殺人鬼，又能帶來什麼變化？在那樣的大場面，大環境之下，我所演奏的音樂根本是毫無意義的。妳身為病蜘蛛的技巧能用於多人對戰吧——如果是演唱會所使用的音樂廳也就算了，人數這麼多，我完全沒辦法發揮自己的技術。」

「太謙虛了吧？真是麻煩。即使那是你的真心話——即使你說的是對的，前輩要我困住你，還有其他原因。」

「原因？」

「沒錯，基於另外兩個理由。」

危險信號說。

一副得意的樣子。

「第一，前輩在幾天前所設下的最後目標——以象棋來說是將軍的位置，那個人就是自殺志願。」

「……阿願。」

——自殺志願。

零崎雙識。

零崎一賊的長兄。

「喔——那確實和行囊樂園的時候一樣，對我產生戒心也不是不能理解——怎麼可能重蹈覆轍呢？根本是杞人憂天啊，同樣令人困擾，但我能夠理解那種心情。」

「這樣啊——呵呵呵，反應還真是冷酷。不過，我倒懷疑，當你聽到那第二個理由，還能不能維持如此情緒。」

「說說看吧，妳那位『前輩』為什麼會刻意把我困在這裡呢？」

「將自殺志願當做目標的實戰部隊——是**背叛同盟**。」

危險信號的那句話——

零崎曲識起了反應。

這次，換燕尾服的領口出現裂痕——位置稍微偏移一些，斷裂的就會是頸動脈。很確實的。

他明顯的——動搖。

那並不是困惑，而是動搖。

圍繞在曲識身旁的空氣，一直都帶著餘裕——但就因為一句話，全都消失殆盡。

「妳說是——背叛同盟？」

看都不看領口的裂痕，零崎曲識追問著她。

「太可笑了——如果真如妳所說，就代表妳上頭的司令官，也將那背叛同盟當做棋子一樣擺布囉？」

「喔，你果然知道背叛同盟啊——沒錯吧？也是啦，少女趣味先生。你既屬於『殺之名』——以屬性來說，倒是挺接近**那群人**的。」

「阿願所面對的，不是應該是匂宮雜技團的最高傑作『斷片集』那群人嗎——在我聽來的消息是如此。」

「那可是相當久遠以前的情報喔！他們目前可是匂宮雜技團和零崎一賊的共同對手——呵呵呵，這可是史上第一次呢！」

「……背叛同盟。」

即使聽到了匂宮雜技團與零崎一賊聯手的事實，曲識仍不為所動——看樣子，他的意識一直無法從背叛聯盟這四個字上抽離。

「真不敢相信——妳們實在太亂來了！」

「請不要將我混為一談——造成如此混亂的，只有前輩一人。其他人像是西条小姐為此可是困擾不已——實際上戰場的都是她，根本就有去無回啊，呵呵呵。目前正與愚神禮贊一決勝負的西条小姐，心裡不知道是怎麼想的——」

「……說得沒錯——零崎一賊之中，唯有我能對付背叛同盟——所以才會像這樣被牽制住……只能說是太大意了。早知道即使冒些風險也不應該進入這樣的拮抗狀態。」

「沒錯吧？即使是有不死身稱號的自殺志願——也無法從背叛聯盟的攻擊中全身而退。不論你怎樣掙扎怎樣的想要掙脫，都要等到終極決戰結束。當然，你也不用期望會有什麼援助——你已經像這樣被病蜘蛛給束縛，愚神禮贊那裡則由西条學妹負責，而炸彈客寸鐵殺人早已動彈不得——能夠拯救自殺志願的殺人鬼，一個也沒有。呵呵，零崎一賊內部的羈絆堅強，對外界卻幾乎沒有接觸，遇到這樣的情況，可說是相當脆弱啊——」

「…………」

曲識——陷入了沉默。

很反常的，不發一語。

也就是說，他已做出了覺悟。

而那是與放棄截然不同的覺悟。

就算被隔離在外，卻不代表自己無法做出協助零崎雙識的行動——事已至此，自己能做的就只有一樣。

危險信號。

讓這個危險因子——無法再加入戰局。

危險信號將少女趣味鎖在這個地方，少女趣味何嘗不是限制了危險信號的行動。

不知道還要幾天。

或許是幾週。

又或許——只是幾個小時的時間。

總之，在『小小的戰爭』結束以前，必須維持如此的對抗和平衡。

沒有別的辦法。

只能這麼做了——就只是如此。

（沒錯。）

（雖然是最糟的情況——）

曲識心想。

背叛同盟。

當例外中的例外，那六人以雙識為目標的同時，狀況就已令人絕望不已——但即使是最糟糕的情況，都不是最終的結果。

（雖然我、阿贊和阿人都被牽制——面對現況，零崎一賊中還有另一個能夠發揮作用的殺人鬼。）

（我這少女趣味並不是唯一，參與『小小的戰爭』時的同行者——那純粹的零崎，零崎中的零崎——）

不為人知的，零崎一賊的鬼子。

還有零崎人識啊——

「糟糕至極，也還不錯。」

◆　◆

零崎一賊代表中的三天王之一，少女趣味、零崎曲識的認知，應該要做出一些修正──危險信號的『前輩』，也就是萩原子荻是絕不會忘記零崎人識的存在。

不論是機密中的機密還是一賊中的鬼子──至少她掌握了檯面上的所有事實。

沒錯。

就連那無法証實的存在，書面上也沒有任何記錄的，背叛同盟的那六人也──

時宮時雨。

罪口摘菜。

奇野既知。

拭森貫通。

死吹屍滅。

咎凪尖離。

咒之名六名──將不該出現在這世上的咒之名六名，各抽出一名成員，組成出乎想像的排列組合。

光是一個人就能造成與敵方總數以上的傷害，而且不會得到一點利益的咒之名──成員居然有六個人。

即使是不久後成立的組織，以終止世界為目的的集團『十三階梯』都只納入了兩人而已──換句話說，若想要終止這個世界，只需要兩人就夠了──具有同樣屬性的六人集結起來，令人瞠目結舌，超乎想像的同盟。

那就是背叛同盟。

不論如何，某程度上比零崎曲識更抗拒加入『小小的戰爭』，那十七歲的零崎人識，在無視本人的意願且毫無道理的情況下，就這樣被捲進了背叛同盟的戰鬥中──

第一章

「人類是美好的。但如果不是人類將更將美好。」

◆　◆

如果被問到人生中最自由的時期為何，那麼零崎人識的答案肯定會是十六歲到十八歲的這三年。

當然，那是像他這樣，我行我素的男人突然心血來潮老實回答，在如此一時興起的前提下所做出的想像——至少在沒有成見的第三者看來，人識最奔放且能恣意發揮的時期，就是在那三年之間。

流浪的殺人鬼——零崎人識。

不隨波逐流依靠他人，也不會被他人影響，全憑自己一個人的力量，在日本全國，如同鳥一般地翱翔。

自由奔放——同樣自由自在。

話雖這麼說，他的內在並沒有像上述的成語般，獲得解放——或者應該說，那也是零崎人識的精神狀況最為混亂不明的時期。

帶著與殺人鬼不同，名為汀目俊希・平凡國中生的外殼，體無完膚地失去了與『食人魔』匂宮出夢之間的友情，好不容易維持的軸心就此崩解。簡單來說，他的內在像是受到了大震盪般，亂七八糟找不到解答。

沒有人能理解他。

就連他自己本身也是。

甚至不願意去理解。

同樣——不願意去制約。

我行我素、隨心所欲、毫無約束的——包含了這層意義，當時，零崎人識的自由奔放、自由自在——其實只是自暴自棄罷了。

一切還可以從他的穿著打扮看出端倪。

留長的頭髮，染上誇張的顏色。

耳朵上招搖的耳環。

臉頰上那自小被當作標誌的刺青，如今卻清晰地像是具有攻擊性的裝飾——

隨意過著日子。

『殺之名』排行第三，隸屬於零崎一賊，但幾乎沒有從事什麼殺人鬼該有的活動——中學時代還好一些，至少會勉強被家人拉去參加一賊的活動——除此之外，完全沒有專業戰士該有的自覺，就這樣渾渾噩噩地，過著與正常人沒有兩樣的生活。

在失去了汀目俊希這個正常人的資格後，才真能平凡的活著，如此的變化怎麼想都覺得諷刺——

就連這樣的嘲諷，都與那時的零崎人識無關。

他只會帶有戲謔意味的哈哈笑。

不去想沒必要的事。

必要的也是。

感情沒有波動。

大事小事全都不干他的事。

這就是他的生活方式——並不是因為大氣不拘小節，而是他根本不打算接受任何事物。

理所當然的，人識不可能參加什麼『小小的戰爭』，頂多就是時不時像是突然想到般，與昨日朋友今日死敵的匂宮出夢打打殺殺。即使是那樣的出夢，最近也因為接到上頭『斷片集』的命令，被派去『小小的戰爭』而一陣子沒有露臉。

更甚至是零崎一賊中——說是唯一也不為過——與人識最為親近的零崎雙識，也就是人識的哥哥，也忙於『小小的戰爭』，沒有時間理會他。

「哈啊、啊。」

就因為是處於這個時期。

這自由的時代中，他最自由的時候。

「對了，乾脆，去殺了哥哥吧。」

零崎人識有天像是靈光乍現般，自然地說了出口。

那其實也不能說是自然，而就在幾天前，人識說什麼「為了下次與哥哥相見時做準備」，還特地為零崎雙識買了一條西陣織的領帶——從如此跳躍性思考的程度來看，無疑是這時期的人識才有的舉動。

或許正因為處於如此自由奔放的時期——零崎人識才能順利的（隨意的）度過人生

中這段最艱鉅的時期。用這個方式解釋，應該也是合理的。

若是客觀看待他的精神面與生理面。

這時的零崎人識，毫無疑問的——達到了他的全盛期。

每次遇到分勝負的緊要關頭都會出狀況或是產生障礙的零崎人識，唯獨在面對『咒之名』聯合・背叛同盟時卻很例外的，從一開始就呈現絕佳狀態——

如此的狀況只能用不幸中的大幸來形容，而那到底又能帶來什麼幫助也無法預測。

不過。

這就是零崎人識——十七歲的，春天。

◆　◆

「……咦？這是什麼？」

在某個政令指定都市的一角，走在繁華街道上——正想著差不多可以買個小點心當做午餐的時候，零崎人識發現了一件「奇怪」的事。

不，不對。

完全相反。

他並不是發現了——而是現在才終於發現。

在星期天的下午，街道最為熱鬧且必須得熱鬧才行的時段——突然，視野中連一個人影也沒有。

會不會是因為戴著太陽眼鏡呢？特地拿下眼鏡看了看，果然還是沒有人——不只前方，回頭一看依舊沒看到半個人。

即使在半夜也不會是如此的情景——不過，還不只是沒有人。

街上連條狗都沒有——不，不對。

沒有一絲氣息。

沒有一絲生活感。

彷彿不只現在，好像以後再也不會有人出現在這條街道上般，一種毀滅的氛圍——輝煌的街容，瞬間荒涼。

不對。

還談什麼未來——就連過去也是。

好似從很久以前就是這副模樣，這或許才是最原始的狀態——方才看到的熱鬧街景，根本只是視覺上的錯亂。

人識還在玩味這不可思議的感受。

（——不對。）

（目前狀況應該是——）

曾經聽大哥說過。

人識開始回想。

然後以些微的本能採取戰鬥姿勢——回溯起自己的記憶。

『人識，人識以戰士來說，已經能夠獨當一面了——做為殺人鬼還差一點。換言之，當個殺人者只能算是二流，不過卻是一流的戰鬥者。』

兄長——零崎雙識。

自殺志願滔滔不絕說著。

上對下的視線使他相當不悅的部分倒是印象深刻。

『最近跟你相處融洽，是不是哪個朋友的功勞啊？戰鬥技術也提升了很多，好棒喔——不過啊，人識，千萬不要忘記依然有對手是技術無法應付的。』

無法應付？

完全無法對付嗎？

人識疑惑地歪著頭回答——應該吧？

『不明白嗎？我是在講以匂宮雜技團為首的「殺之名」七名相對應的「咒之名」六名——非戰鬥集團的戰鬥集團，有關他們的事。但絕不能說他們會拉長戰鬥時間——或許是完全相反。那並不是**拉長了戰鬥時間，而是因為沒有戰鬥所以才會拉長時間**。』

咒之名——六名。

時宮病院。

罪口商會。

奇野師團。

拭森動物園。
死吹製作所。
咎凪黨。
『而我零崎雙識對於「咒之名」六名最直接的印象就是——魔法使者，或者是超能力者。總之，都不是什麼正常的對手——根本就是特異功能。硬要說起來可能和音使者阿趣的存在差不多——不過個性上卻和禁慾主義的阿趣完全不同。要怎麼說呢，他們相當激進。所以人識，我希望你明白這點，不要做無謂的抵抗。這是我的忠告，在你三十歲以前——千萬不要對「咒之名」動手。』
（啊哈哈——哥哥。）
（你說的話果然是正確的——一如往常般正確。）
那忠告——是沒用的。
徹徹底底沒有一點效用。
（算了，反正就是這麼一回事——我的人生啊——）
很自然的，臉頰微微上揚——他在笑著。
事實上，他止不住笑意。
真是傑作。
甚至覺得自己到最後一定可能是被笑死的——當然，那要是能平安度過目前的局面

「喔～」

像這樣。

人識瞬間對於四周張起警戒網，就這時候——對手現身了。

不對。

應該不能說是現身。

那裡——出現的只是。

好像本來就存在那裡。

不論何時都待在那裡一樣。

道路的正中央——挺起胸，拉長背脊下巴還微微上揚，絲毫不想躲避，就這樣正大光明的佇立著。

（不過——他不應該存在的。）

（直到剛才都不應該出現在這裡。）

（所以——根本不是不存在。）

（而是**看不到**的意思嗎？）

一邊觀察且分析著眼前的狀況——零崎人識他。

「啊哈哈！」

突然發出了聲音。

「喂！你——不知道你到底是什麼意思啦，但我——」

「等等、等等、等等！」

為了確認與對手的差距——精神上的差距——人識為了探究情況而先開了口，不過對手卻很無禮地揮動手指遮蔽。

（看樣子，不能期待他會懷抱什麼好意，更別說是友好的態度了。）

雖然本來就沒有那個意思。

他是一位看似過了青春期，身形削瘦的青年。稱不上邋遢但穿著打扮相當寬鬆，看起來不像有染髮，嚴重受損的髮質呈現茶色。

雙手戴著手套。

握有一公尺長的——鐵鍊。

「要報名字也是我先。這個場的主人是我，一切都由我掌控、由我統治——就是本大爺我啊！」

咻咻咻地，他揮動著鐵鍊恫嚇——青年報上的自己的名號。

「本大爺是背叛同盟中的一人，奇野既知——病毒使者奇野既知是也。下次見面不要忘了——不過，你的『以後』可能所剩無幾就是了。」

「……奇野。」

感染血統啊！人識低語。

感染血統奇野師團。

『咒之名』排行第三——但某些人將他們視為『咒之名』當中最需要戒備的集團。

（某些人是吧？）

（出夢那傢伙確實有這麼說過吧——他說了什麼呢——）

可惡，想不起來啊！

想著自己的舊友，人識趕緊抑制住那就要萌芽的情感——若不快點摘去那枝椏，將會產生無法挽回的後果。

比起『奇野』，那件事絕對是壓倒性的優先。

「奇野、奇野、奇野對吧，這位奇野先生——你找我有什麼事嗎？」

人識試著與他交談。

用輕浮的口氣。

「竟然還先請這城鎮的善良居民退場，對付我這種像是混混般的角色，有必要做到這樣嗎？特地包場被當成ＶＩＰ對待，打從我出生這還是第一次呢？你是不是誤把我當成其他厲害對象啊？」

一邊說，人識持續作戰準備——將藏身各處的刀子，依照對手的身高與體格調整，以便能迅速的攻擊。

尚未從袖口取出。

人識將身上的飛刀集結成束，採取隨時都能動手的備戰姿勢。

「啊——對對對！對啦！一定是這樣，你認錯人了！就是這樣，結論出來了！認錯了認錯了！你也不用太在意啦，每個人都有做錯事的時候嘛——」

所以呢？

人識雖這麼說，但其實並不覺得對手——既知有可能認錯人。

他的確不知道自己為什麼會成為目標，但事實上卻是因為可能性太多了，反而無法歸納出原因。

像我這樣的人——像我這樣的魔鬼。

不論何時何地，不論因為怎樣的理由，有人想取我性命都是很正常的——即使就這樣被殺了，自己一定會很能接受地說：『啊啊，對呀！是這樣沒錯。』然後毫無怨言死去——嗯，他心裡是這麼想的。

話雖這麼說，也就是因為如此。

此時的零崎人識想都想不到。

原來那正面的敵對者，奇野既知——**真的**認錯人了。

「真是的，瞧你那雜亂的用詞，與傳言不同，還以為你是個紳士呢——零崎。」

既知說。

故意地聳了聳肩。

「零崎雙識。自殺志願。」

「…………」

聽到既知所說的話，人識那難以名狀的表情與心情，實在無法用言語表達。

至今經歷過無數的生死關頭。

身為鬼子也遭受到相當殘酷的待遇。

意想不到的展開，一切的不合理與悲劇，他也早已嘗盡。

但——即使如此。

（竟然把我與那個變態——搞錯了？）

（那個令人困擾至極的變態？）

（變態中的變態，那變態中的王者？）

怒火沉靜的在心底燃燒著。

「怎麼啦？自殺志願先生。感到絕望了嗎？自殺志願先生。你倒也說說話啊？自殺志願先生。請你給我回應啊！自殺志願先生。像這樣不發一語，自殺志願先生，這彷彿像是你不是自殺志願本人一樣啊！自殺志願先生！」

「你給我閉嘴！不准那樣叫我！」

本想盡可能拖延亮刀的時機，不過他再也忍不住了。

藏在袖口的刀落下，他俐落地握緊刀柄——然後將左右手的兩把刀，像是在示威般相互敲擊著。

「不用多說什麼了，相見不過十秒就已經沒有交涉或是議論的餘地。這麼突然我也覺得有些反常，但我要把你殺死、肢解、排列、對齊、示眾！」

「有那個能耐就試試看吧！看你是把我殺死、肢解、排列、對齊、示眾，那也不是件難事。不過，請讓我說句話——自殺志願先生，在你與我相遇的當下——」

奇野既知他——旋轉中的鐵鍊，甩動的弧度更大了。
「——早已中了毒。」
接著。
將鐵鍊拋了出去。
（…………）
（……咦？）
絲毫沒有大意。
雖然因為憤怒而稍微失去了自我——但人識並沒有失控到會輕忽這鐵鍊的攻擊。
所以，這絕不是因為大意，硬要說的話——只能用意外來形容。
意外。
盲點。
完全——超乎想像。
遠遠超過了預想的範疇。
（就這樣將刻意揮舞的鐵鍊給拋出，如此——）
（**如同素人般**的攻擊——）
實在太過平凡，無法期待效果的行動，基本上，人識還是第一次遇到這樣的對手
——所帶來的疑惑也是可想而知的。
因此。

像是錯判了王牌投手的中央直球般——在空中迴旋的鐵鍊，硬生生地打中人識的身體。

「啊——」

強烈的衝擊襲來——事實卻不然。

或許會留下瘀傷，但那攻擊幾乎沒有什麼特殊的威力，就是一條再普通不過的鐵鍊，然後沒下什麼工夫直直地拋了過來。

連根骨頭也沒碎。

身上的衣服也完好如初。

（——這是什麼情況？）

（這，卻——）

只往後退了一步，人識馬上站穩腳步。接著用左右的刀刃將如同一條蛇般纏繞在身上的鐵鍊給彈開。

就在這時候，敵人一口氣地縮減了距離。

不知從哪兒冒出來的，他手中又握著另一條鐵鍊。

（魔術師——）

（——還是叫什麼魔法使者的——那個笨蛋哥哥曾經說過。）

開什麼玩笑。

這世上哪有魔法。

鐵鍊之類的物體，可以輕易藏在寬鬆的衣物之中吧？又或者作為皮帶使用。

「哈啊啊啊啊！」

既知他——將一公尺左右的鐵鍊當成鞭子，狠狠地往人識身上抽去。

鞭子，與各式各樣的武器比起來——以排除手槍的前提之下——是非常**難躲避的武器**。

雖然缺乏致死性和殺傷性——卻具有刀物及鈍器所沒有的柔軟性。

軟性的蜿蜒，然後乘著音速的攻擊，在防禦上有一定的難度——幾乎是不可能。

換句話說，防禦是無用的。

（……不過。）

（話雖——這麼說。）

面對那幾乎不可能回避的攻擊——人識卻用刀閃過。刀身較短的小刀，用刀刃的部分削過鐵鍊——使其偏離軌道。

毫無疑問的。

他就是個素人。

人識懷抱如此的感想戰鬥——才得以戰鬥。

完全沒有善用鞭子的特點——只是像無謀地揮舞棍棒般，將曲線柔軟的武器，當成堅硬的鈍物使用。

根本稱不上是鞭術。

當然，也不會是鏈術。

對於匂宮出夢的『一口吞食』，那將自己的雙手發揮鞭子以上的威力且帶來爆炸性破壞的技術熟悉不已的人識來說，既知的攻擊，拙劣到甚至不像是一個專業的戰士該有的表現。

（第一擊到第二擊之間花的時間就太長了──如果是戰士，在我意外被擊中的時間點，應該就直接發動了二次攻擊。竟然沒有利用如此的機會，實在令人難以想像──）

人識一邊想著並一招不漏地避開既知所發動的攻擊。

這個事實，令人識更加混亂。

不可思議。

手感──實在太差了。

在被誤認為自殺志願‧零崎雙識時衝上腦門的血液慢慢地退去。

最初要用左右兩手的刀才能避開的鐵鍊，現在他只單用左手就能擋下。

其實是相當有餘裕的。

目前的他還能冷靜地窺探既知的狀態。

而那既知突然開了口。

「哈、哈、哈──哈哈哈哈、哈、哈、哈、呼、呼──」

夾雜著笑聲，卻仍藏不住劇烈地喘息，很明顯地，他露出了疲態。

「啊哈──哈、哈！」

「…………」
真是不舒服，這是人識最直接的感想。
不，不是不舒服。
而是噁心。
（『咒之名』——就只是這樣嗎？小學時候的我都能輕鬆殺死他——）
即使如同人識所想的，即使他充滿餘裕——但對方那股噁心感，卻難以抹滅，或者應該說那不知底限在哪兒的感受越趨強烈。
彷彿一片深不見的底的沼澤滿溢而出的錯覺。
好像稍不注意情勢就會被扭轉一樣。
視覺終於習慣了，甩動中的鐵鍊，其實僅限於上半身的動作——但人識卻刻意不去回擊。
並不是在引誘他出手，而是在戒備著他。
換句話說，對於既知的警戒就只能做到這點。
若是輕率地發動了攻擊，拿出了自己的『真本事』，或許才真是大意——目前為止那些有如素人般的舉動，可能都是為了等待這一刻而埋下的伏筆。
這是唯一的警戒手段。
「……你叫做——奇野對吧？」
「什麼？」

「是我會錯意嗎？還是剛好同姓呢？你說你是什麼同盟的人對吧——」

「呼——」

既知依舊笑了出來——呼吸急促，看似痛苦卻仍笑著——

「——是背叛同盟！被我們六人鎖定的目標，從來沒人能活下來。自殺志願先生！我們做的事——從不出錯。」

「……根本錯誤百出吧。」

基本上。

人識之所以壓抑自己的反擊，的確是出於警戒，但——其實也是本著自己隨時都能出手的自信。

就因為隨時能夠發動攻擊，才會刻意的延後那時機。

徹底的觀察他。

看破他的行徑。

雖說是認錯人，為了對付人識一人竟**如此大費周章**，他怎麼可能只有**這種程度**——在心底反覆思考。

不過，事情都已經發生了，多說也無用。但講到意外，或許這才是人識最感到意外的部分。

那樣的預測，可能只是自顧自的想法，也可能是先入為主的成見。

而與『咒之名』六名交手，那樣的成見與觀點，說不定會造成戰鬥上的困難。

那種情緒與感受。

令人忌諱的詛咒並不是為了讓你掉以輕心，反倒是一種感情——奇野既知所操控的並不是鞭術也不是鏈術。

而是一種咒術。

「哈——真是傑作——」

——啊！

話還沒說完。

人識終於連反擊的能力也沒有了——左右手一鬆，刀子掉落，人也順勢跪倒在地。

（欸……）

（啊、啊啊？）

並不是因為被鐵鍊打中。以他的技術，就這樣僵持一百年，連根頭髮也不會掉。

但是，人識的膝蓋卻沒了力氣。

突然，大腿的部分像是消失了般，站都站不住。

「呃，啊。」

他的臉直接砸在柏油路上。

與鐵鍊攻擊身體時不同的疼痛，竄流全身——那感覺比平常敏銳了好幾倍。

不過，比起這些。

肉體卻好像不屬於自己一樣——動彈不得。

連根小指都動不了。

毫無動作。

所有運動神經都失去了作用。

「啊……啊、嘎嘎啊嘎嘎啊嘎、嘎嘎、嘎嘎嘎嘎、嘎嘎嘎、嘎嘎嘎嘎！」

舌頭與喉嚨也完全無法照著自己的意識活動——連話也說不清楚。

全身的肌肉鬆弛。

意識——卻相當清晰。

腦袋意外地靈光。

目前自己身處的情況——所面臨的危機，他在明白不過了。

像是條奄奄一息的鮭魚，癱在地板上——奇野既知，俯視著他。

根本就是一種輕視。

喀啦——喀啦——的，鐵鍊早已被丟在一旁。

「呼、呼、呼、哈、哈——終於開始發揮作用了啊！以你的身材來說，倒花了不少時間呢——」

一邊調整呼吸——既知說道。

那聲音，如同在耳邊細語般，聽得相當清楚。

「——我說過了吧？打從一開始——你就被下了毒。」

『每個人有各自不同的意見——如果以我，匂宮出夢來看，「咒之名」之中，最令人畏懼的，應該還是奇野師團啊！當然，我並不具備能這樣談論「咒之名」六名的實戰經驗——這是一定的。如果說我和你，匂宮雜技團和零崎一賊是戰鬥集團的話，他們就是非戰鬥集團——並不是為了戰鬥。如果我們要倚靠戰鬥殺人，他們不需要戰鬥就能殺人。若是這麼說，個別的屬名，或許也沒有什麼差異性。不論是對上排行第一的時宮，還是第六的咎凪，根本都是一樣的——而那雖然接近文字遊戲的領域，只能算是打趣的話題，但若要在那六個人之中選出一位最不想遇見的對象，我一定毫不猶豫的選擇奇野師團。我的理由——他們會使用各式各樣的毒，還會以空氣做為途徑。完全不愧對感染血統之名，利用空氣感染的傢伙——比起各式遠距武器或手槍更難對付。如果我是匂宮雜技團的最大失敗作，也就是所謂的怪物，而你則身為零崎一賊的例外，也就是所謂的鬼子，我們的構造還是跟人類這種生物沒兩樣——不論怎麼掙扎，都必須要呼吸。人識，你憋氣能憋多久？一分鐘沒什麼問題，那有到兩分鐘嗎？如果是五分鐘呢——或許要看個人努力。不過，頂多就是那樣。我也是有極限的。能夠屏住呼吸活動的戰士，全世界就只有一個。不得不吸氣，也不得不呼氣，這既是本能，我們也必須得遵守如此的準則。而奇野師團卻會干涉這項規則——在作戰前，即向對手下毒。以毒限制他們，侵蝕他們——在報上名號的同時，就已成定局。從致死地毒素到無害的消毒藥，操控各式毒物的技巧，確實令人畏懼，但我著眼的地方不是這裡，而是下毒的手法。無法防禦的攻擊，不論你做什麼抵抗都沒用——那既不是戰鬥也不是戰爭，只是單方面的虐殺。有人叫他們病毒使者，你們好像也是這麼稱呼——但在我的定義中，他們只是卑鄙小人罷了！沒有原則，沒有美感，什麼都沒有——人識啊！這麼說或許沒用，但我還是給你個忠告吧——能夠取你性命的只有我，匂宮出夢而已，不准跟什麼奇野集團的人交手喔！那根本稱不上是戰鬥啊——』

（…………）

（沒錯——出夢那傢伙曾經這麼說過。）

啊——啊。

為什麼沒能早點想起來呢——唉，到最後還不是跟哥哥一樣，竟做一些沒有用的假設，回想起來可能也太晚了。

就這樣——人識感慨的回想這一切。

回想結束。

對了——非戰鬥集團。

同樣是專業的戰士，但『咒之名』與『殺之名』是完全不同的兩樣東西。

雖然都隸屬暴力世界——

彼岸和此岸的差距，無法混為一談。

（到底是什麼時候下的毒——如今想這些也沒用了。）

敏捷的思緒，總之，人識的大腦不停轉啊轉的。

就像出夢所說的，很可能是空氣感染——也可能是剛才吃的早餐出了問題，偷偷被摻入了什麼藥。不過，後者是便利商店報廢的過期品，機率相當低——反正機會實在太多了，可能性也多得數不出來。

以順序來看，在街道上的人全都消失的時候——說不定才是空氣感染發揮效用的時候，把人識以外的人全都趕走——同時，在對人識的肉體動了手腳。一定是這樣。

接著，為了使毒性快點發作——故意拙劣的揮動鐵鍊，增加人識的運動量。

呼吸的次數被迫提高。

（就因為是非戰爭集團——所以不具有任何戰鬥技巧啊！）

（相反的——倒擁有**非戰鬥的手腕**。）

如果能早一點釐清這一切——不。

即使事先想到了，結果還是一樣吧！

人識若是知道要如何對付奇野既知，在群眾從繁華街道消失，感覺到異常的瞬間，一定會積極地逃走啊！

但在那個當下，人識也已經遭到感染，在狂奔的刺激之下，或許會像現在一樣癱倒在地也說不定。

因此。

（探究是何時被下毒的也於事無補——太遲了。問題應該在於，被什麼毒感染才對

——）
連小指也動不了，不過卻能像這樣思考，至少，不是致死的毒性。
話雖如此，仍不能因此放心。
但同樣有可能會是不帶致命性的致命毒種——不止如此。
光是在敵人面前癱倒在地的狀態就已是致命的。
「呵呵呵——一開始還挺令人擔心的，沒想到結束得倒很快。赫赫有名的自殺志願先生，在**我們**面前也如同螳臂擋車，甚至連命名的由來，那把大剪刀都還來不及取出——」
頭頂上不停有聲音落下。
（…………）
（……是白痴嗎？）
人識啞口無言。
（這點小把戲對哥哥來說才沒用呢——更何況，他拿出剪刀之後戰力反而會減弱——連這種事都不知道嗎？）
真是令人火大。
總之就是很憤怒。
把自己和那種哥哥搞混已經夠生氣的了，卻還有其他更讓人惱怒的部分——因為自己的關係，零崎雙識的評價竟受到損害。

根本就是一種恥辱。

（扯自己哥哥的後腿——的確相當愧疚。）

「不過，不用擔心啦！自殺志願先生。目前拘束你身體的，只是異種鎮定劑而已。」

都還沒有拜託他，既知自己解說了人識最想知道的答案。

「那是亞種索拉咪啶酸ＴＲＭ——強制癱瘓你的肉體機能與活動，屬管制管制藥品，若弄錯了劑量，被投藥者可能陷入永遠的睡眠狀態。而我是專家，那種情況當然不會發生。不過，你的意識應該相當清楚對吧？那又是因為另一種毒藥，通稱天使塵。正式名稱為ＰＣＰ——講明白一點就是毒品。哈哈哈，你有看過城市獵人這部漫畫嗎？」

「…………」

即使提出問題，我也不可能回答得了，既知是最清楚的那個人——卻帶著得意故意問到。

（不是實驗對象，也不是受害者。**這些傢伙**的想法果然不是我們能夠理解的——）

「藥效絕非永久——若沒有持續投藥，很快就會恢復。這點也請放心——我並不會當場殺了你，那條命可是有利用價值的呢！」

既知說。

將自我主張單方面加諸於人識之上，自顧自地說給他聽。

「——當然，我也不想成為零崎一賊的目標。」

「…………」

「只要對任何一位屬於零崎一賊的殺人鬼動手，其他殺人鬼就會成群來襲——『殺之名』七名、『咒之名』六名，合計十三名之中，唯一以復仇為動機，而採取行動殺人集團。哈哈哈，或許是我缺乏想像力——所謂的復仇，到底是怎樣的情緒呢？完全無法理解，而夥伴之情，不也是毫無意義且意圖不明嗎？自殺志願先生，這幾乎不可能發生，但假使我遭到反擊，真的死在你的手上，背叛同盟剩下的五人，一定會大聲嘲笑我吧——」

「……嘎嘎嘎。」

人識發出了奇怪的聲音。

試圖想笑卻失敗了。

零崎一賊之所以能占據第三的位置，並被這世界視為異端，最大的理由就是因為那復仇之心——又或著應該稱為家族之愛。

為愛而戰，為愛殺人。

殺人鬼的殺戮行為雖毫無道理，但動機通常都是為了家人——這才是零崎一賊令人震憾的第一特徵。

關於這部分，奇野既知的不理解是很合理的——恐怕只有一賊的殺人鬼才能體會家族愛的意義。

不，說實話。

人識也不算是完全理解。

（即使如此——）

（即使我就這樣死在這裡，我知道——哥哥們一定會為我報仇的！）

（……因為被認錯了才遭到不測，照理說根本不應該對哥哥懷抱什麼感謝——）

「所以我並不會殺了你。」

奇野既知說。

「我討厭戰鬥——無心戰鬥，更不想取你性命。就讓別人擔任動手的角色吧——背叛同盟的任務，只是要活捉你。怎麼樣，技術不錯吧？我們可是躲避戰鬥的高手——而殺了你，成為零崎一賊目標的工具，則是交給那個叫做西条還是什麼的狂戰士來負責。」

（西条……？）

（也就是說……這是屬於——那位『軍師』所策畫的『小小的戰爭』……？）

比平常敏捷的思緒，人識從既知的話語中分析著目前的狀況——雖然分析也無法改變現況，但現在的他，只能做到這些。

無論怎麼掙扎。

完全沒有抵抗的餘地。

（事情——早已結束。）

（所以——我也無能為力。）

（我，或許只能這麼做——）

「好，那我們出發吧！車已經準備好了。動作可能有些粗魯，還請你原諒，我的力氣只是普通人的程度而已——」

說完，既知便抓起人識的領口，強行拖著他走。

不論人識的體型再怎麼嬌小，在肌肉完全鬆弛的狀態下，身體無法自行支撐，那重量可想而知——但看他單手就能拉動我的樣子，說什麼普通人的程度應該只是謙虛。雖說是『咒之名』，不過，既然是能在這世界生存的戰士，還是受過一定程度的訓練——人識做出如此判斷。

「哈哈哈，還真輕啊！根本像是個女孩嘛！」

接著，既知像是在幫捕獲的獵物秤重似的，揪著人識胸口，就將他抬了起來。

感覺指尖浮了起來。

完全就被當成小孩子對待。

「自殺志願先生啊！事實上如果能獨占殺你的功勞，其他五人應該會非常忌妒——先不管復仇，只有我才會把這麼大的好處讓給別人吧！不過，最先遇見我也算你運氣好。如果是遇到其他成員——傷害可就不止這樣了！自殺志願先生啊！你可會嘗到有如地獄般的痛苦和煉獄般的屈辱——這麼算起來，我在背叛同盟中，算是穩健派。」

「…………」

人識他。

一邊聽著既知自負的言辭——嘴巴一張一合不停動著。
不對，是試著想要動作。
連嘴脣都沒有知覺，根本不可能做出任何表達。
所以，人識想說的話，完全無法傳達給既知。
只不過，若是人識真的說了話，又或者動了嘴，訴說的內容應該會是這樣：
『奇野既知——感染血統。』
『——話說回來，我可以問你一件事嗎？你都沒有痛覺嗎？』
假設奇野既知得意地回應了那個問題，內容也應該會是如此：
『痛覺？我才不具有那種感知。當然，僅限於目前的情況。』
像這樣。
屬於非戰鬥集團的奇野既知，在捕捉戰鬥集團的零崎人識（雖然在既知的認知中是零崎雙識）的同時，也對自己投藥，遮斷了痛覺。
為了使人識（雙識）身上的毒性快點起作用，而揮動鐵錬採取近身攻擊的策略，其實相當具有風險。
匂宮出夢稱奇野師團為卑鄙的集合——他們也不是只對安全的目標下手。
為了達到目的。
為了完成目標——還是會冒相對應的風險。
奇野既知，切斷了自己的痛覺——順帶一提，他對於自己的肉體，施打了各種禁藥。人識對於他有在鍛鍊自己的判斷，其實只對了一半——

一隻手一隻腳。

依照情況，有時甚至做好了失去生命的覺悟。

「……欸？奇怪？」

然而——

那份覺悟，卻超乎既知的預料——成為了現實。

由於封印了自己的痛覺，所以才沒察覺。

失去身體感知的奇野既知，只能用眼睛發現這個事實。

抓著人識胸膛的雙手——早已染得鮮紅。

就像是將手伸進紅色的油漆桶之中——又或是戴上了紅手套般，紅呼呼的一片。

對既知來說，那顏色肯定不陌生。

那是他最熟悉的——血的顏色。

唯一讓他不習慣的——那竟然不是屬於既知口中的『試驗者』，而是身為『投藥者』的自己。

「欸……？欸，奇怪？這，這是什麼？」

手上到處都是傷口。

小指關節外的部分挫傷。

無名指的指甲剝落。

中指只剩下半截。

而食指已經不見了。

大拇指縱向碎裂。

「這，這到底是怎麼一回事——？」

「嘎嘎嘎。」

人識試圖大笑——卻仍舊失敗。

仍舊無法動彈，實質上卻獲得了成功。

一切已經結束了——早在戰鬥開始前。

（在你對我下那些莫名奇妙的毒以前，一切就已經結束了啊——奇野既知。）

（你，在我滿十六歲的時候——即輸給了我。）

如果能夠開口，人識肯定會這麼說。

就這麼簡單。

人識身上的穿著——各處都藏有鋒利的刀器。如同奇野既知在自己身上用藥般——那些刀器，像是身體的一部分，又或者是身體的全部般，分布各處。

不論是領口。

還是胸膛的部分——沒有任何例外。

依照角度，能削鐵如泥，鋒利無比的剃刀，就像是自己的打扮風格一樣，縫製在上衣的內層——而既知竟一把抓起人識的衣服，將他給舉了起來。想當然耳，既知那脆弱的皮膚無從抵抗。
千刀萬剮。
造成無法挽回的傷害，既知的雙手反射性的——不對，既然切斷了痛覺，反射神經同樣也不會有動作——就這樣牢牢抓緊。
這對既知來說是完完全全的失敗。
話雖如此，卻沒有人能稱它為失敗——就連人識本身，也沒有特別將它視為一種攻擊方式。
（只不過——）
（覺得這情況有可能會發生——如此而已。）
算是平時的努力嗎？
而人識並沒有特別在乎——他既不是『軍師』，也不可能隨時煩惱著準確度和期待值等數據。
確實沒那閒功夫——所以，兩人之間的差距是？
（以那笨蛋哥哥的口吻——）
（為了工作殺人——和為了生存殺人的我們。）
很明顯的，是價值觀的差異。
零崎人識一邊想——左手往下一擺。
這『往下一擺』卻不包含任何動能上的意圖，比較接近從浮在空中的狀態，手因重力下墜的物理現象般——那無力且不受控制的手。
自然的迴旋、擺動。
如同鞭子般柔軟具有韌性。
就這樣劃過奇野既知的脖子。
「…………！」
既知甚至無法發出悲鳴——那是當然的。
即使沒有用藥，喉嚨的呼吸器官連同動脈一齊斷裂，是絕對無法發出聲音的。
全身各處都藏有刀器的零崎人識。
他的手及手指——當然也不例外。
這時期的零崎人識，連十指的指尖都設置了尖銳的鑽石刀。
切割鋒利的極小寶石，像是裝飾般以樹脂緊緊黏貼著。
只是輕輕的劃了過去——人體卻像是豆腐一樣碎裂。
殺死、肢解、排列、對齊、示眾——即使不能做到這些。
要取人性命是很容易的。
整身的刀刃即是凶器。
整身的凶器即是瘋狂。
身處極端時期的零崎人識——
倒臥在地上即擊退了『咒之名』排行第三，奇野師團與背叛同盟的一人——病毒使者，奇野既知。

將他從這世上。

擊退。

（真是的——連毒或是藥都沒發揮作用，真是無聊至極的戰鬥。）

同樣癱倒在柏油路上——人識用他敏銳的意識思考著。

（『我們六人』的意思即代表除了他之外還有五個人，那些傢伙全都鎖定了哥哥嗎——）

開什麼玩笑。

要馬上趕去支援他才行啊！

第二章

「人內心的既有概念之中，最有價值的無疑是愛情。
那也是在任何局面都能運用，最方便的藉口。」

◆　◆

某個人說：

「既知那傢伙好像反被自殺志願給殺了——」

對此，另一個人說：

「這也難怪。」

然後。

「是啊，這也難怪，相當合理。」

某個人也表示同意。

「自殺志願在零崎一賊中是獨特的——雖然不知道本人是怎麼想的，他既是一流的殺人鬼，更是一流的戰士。」

「哈！戰士啊。」

有個人笑了出來。

「不過，跟那位戰士對戰的並不是我們。」

「沒錯——既知輸了，就只是這樣。好好嘲笑一番吧！根本不需要同情他——也不需要理解事情的經緯。」

「但還真是前所未見的舉世奇聞啊！」

某個人說完，頭靠向一邊肩膀。

「既知是我們六人之中，最擅於暗殺的男人——甚至凌駕『殺之名』的闇口之上。他好像還曾經以闇口的手法毒殺了幾個人而自滿不已呢！」

沒錯！有個人像這樣用手拍打自己的膝蓋。

而另一個人又繼續說。

「我也認同自殺志願是一名一流的戰士。事實上在這『看不見的戰爭』之中，雖不是直接，但好幾次與他擦肩而過，因此多少瞭解這次的目標。具有事前知識及基礎，也可以說是前提。這和先入為主的成見不同，那應該對我們有利的條件才是。不過……有種格格不入的感覺，感覺那個對象並不是自殺志願，而是比他更加異質的存在。」

「是你想太多了吧？你總是如此，不是嗎？」

某個人毫不在意地笑著——完全不理會另一個人的疑慮。

「好啊！竟然你如此戒慎恐懼，那下次就讓我來吧——既知那傢伙身上的病原體還在蠢蠢欲動的時候，是不想接近啦，但說實話，我個人對自殺志願倒是挺有興趣的。與其說是他這個人——還不如說是對他持有的武器有興趣。」

「也是啦！以**屬性**來說——確實如此。」

有人聳了聳肩。

用揶揄的口氣說道。

「不是挺好的嗎？下次就由你一個人去吧——只要從既知身亡的場所開始追蹤，就不需要花太多時間啦！」

一直保持沉默的那個人，終於開了口。

在他發出聲音後不久，大家好像都沒有異議，紛紛點起頭。

然後，某個人。

「嗯。」

笑了笑。

「那我先走了。你們這些傢伙就好好想想，該如何補既知的空缺吧——『咒之名』六名要全部到齊才算是背叛同盟啊！」

像是刻意丟下了什麼麻煩事似的，最後留下了這句話——

那個人隨即離開。

「嗯。」

「嗯。」

「嗯。」

「嗯。」

目送他的背影——全員一起點著頭，接著——

「那麼，就如他所說的，我們來想該如何填補奇野的空缺吧！」

「奇野師團的人都有藥物濫用的毛病，總是活不久，確實令人頭疼。不過，卻又是『咒之名』中僅次於死吹的珍貴物種。」

「話說回來，我聽說既知好像有一個優秀的弟弟，名字像是一種水果——」

就這樣換了話題。

說了那麼多，既然那個人都採取行動——關於自殺志願這件事，就完全無需再討論或是多做擔心。

◆　◆

那時，愚神禮贊・零崎軋識還在戰鬥中——極為單純而容易理解，與一切異能及異常無關，帶有他們風格，近距離的攻擊就如同字面上，是一場肉搏戰。

對戰的對手，理所當然的是西条玉藻。

場所是在某城市的西式墓園。

藏身於墓碑之後，將愛用的狼牙棒『愚神禮贊』立在一旁，連招牌草帽也脫了下來。無論如何，目前就呈現等待的姿勢。

（啊啊。該怎麼說呢……跟那小鬼戰鬥果然令人十分厭煩……）

（總之，若是就這樣纏鬥好幾年，也難怪會產生一些情愫。）

茫然地。

軋識思考著。

埋伏在墓園的某處，即使是這個當下，仍專心致志的鎖定了軋識的那條命吧——想著那年幼的戰鬥狂。

「啊——真是的，好不像自已啊！」

現實上的問題，他從沒遇見如此**殺不死的敵人**——單看實力的話，軋識可遠遠超越她，但已經戰了數百回合，卻仍無法在她身上留下一道令他滿意的傷痕。

（看來在這場『小小的戰爭』中，我是完全被那小鬼給封印了——身為零崎一賊的殺人鬼，竟然難以發揮，全都靠阿願一個人——完全就是被玩弄了。）

當然，用西条玉藻這步棋來牽制零崎軋識是『軍師』的策略，同時也形成了頑固的防線——對此，就連軋識也有自覺——但那小女孩的強度實在太過驚人。

既不是異能也不是異常。

完全就是個異類。

（某程度上來說，她或許是最適合我的對手——雖然與我最愛的『暴君』完全不相似。嘻嘻——趕緊結束戰爭，早日回到『暴君』身邊吧！）

（話說回來，少女趣味阿趣搞不好會因為喜歡她的身形，而滿懷欣喜地與她對戰也說不定——不過有條件殺人的那傢伙，應該不會加入戰爭類型的戰鬥吧！）

但他肯定連想都沒有想過，阿趣——少女趣味·零崎曲識此時此刻也同樣在『軍師』的策畫之下，被困在深山中的舊洋館裡——

軋識正準備嘆氣。

就在這時候。

「……嗯？」

像是蓋過了他的嘆息聲，塞在褲子口袋裡的手機——接到了來電。

戰鬥通常都是突然發生的，這次也不例外（對於軋識來說是場突如其來的戰鬥，但在對方的立場卻是按照計劃，在審慎的觀察後計算出的時機），因此還來不及關閉手機的電源——不過，即使是自己的私人時間，他仍將手機設定為靜音模式，所以並不用擔心目前的所在位置會被察覺。

說不定是『暴君』的電話！抱著那份期待，軋識迅速確認手機螢幕——不論是多麼緊急的狀態都不曾接過『暴君』的來電，軋識仍如此期待著。同樣地，失落感一定也會很大吧！

顯示的來電名稱——

是『零崎人識』。

「啊啊？」

不過。

他卻沒有太過失望——這也是個具有震撼力的名字啊！

（人識嗎？）

（多久了？他還沒丟掉阿願強行塞給他的電話嗎？先不管這些——那傢伙竟然打電話給我？）

雖不是從不打來的『暴君』——但還是十分稀奇。

「…………」

在反覆重演的戰鬥中。

能夠確認來電者是誰，卻沒有通話的餘裕——目前的對手，並沒有辦法輕鬆應付。

如果是『暴君』打來的電話也就算了，那個討人厭的（現在恐怕更令人討厭了吧！）親戚小孩打來，更是不可能接了。

說實話，就連等一下會不會打回去都很難說。

不過——

（嘖——真是的！）

（還是沒辦法忽略——**尤其是在這種狀況**。）

軋識嘖了一聲，按下了通話鍵。看似泰然自若，卻又用手遮住嘴，偷偷摸摸的講起電話。

『喔！是老大嗎？』

幾年沒說話了，倒是很輕鬆的樣子——人識先開了口。

「人識，我現在正在戰鬥中，不方便接電話呀——沒時間閒聊，有什麼事就快呀！」

『老大果然還是老樣子，呀呀呀地囉唆死了！沒變就好，我也放心了。哈哈哈！』

軋識在開頭就作出了說明，人識卻好像沒聽進去似的，完全不予理會，還哈哈笑著。

那笑容彷彿浮現眼前。

「好了啦，說重點呀！你到底在哪裡做什麼呀？還真是快活呀！聽好了，我和阿願現在都為了戰爭而水深火熱──」

『就是那個！沒錯！』

人識依舊沒有認真聽軋識說話。

『老大──你知道哥哥在哪嗎？打給他也完全沒有回復。剛才有聯絡上寸鐵殺人那個炸彈客，但他說不知道。』

「……你跟阿人聯絡上了嗎？快說你是怎麼做到的呀！連我都不知道阿人的聯絡方式呀……不過你還是一樣深不可測呀……」

真是令人震驚。

雖說和以前一樣，但那破天荒的程度倒是大大地提升──而且會讓人緊張不已而摸不著頭緒。

果然不該接這通電話的，軋識相當後悔。

懷抱如此心情又該如何與那狂戰士戰鬥呢？

『所以呢？老大，你知道哥哥現在在哪嗎？知道就告訴我吧。』

「知道也不告訴你呀，雖然我真的不知道。」

軋識冷冷地說。

話會這麼冷淡，主要是因為人識不知天高地厚的口氣以及他自己也想知道那個問題的答案所致。

「你有聽說他正和匂宮雜技團的『斷片集』共同戰鬥嗎——不，還是已經決裂了？我也不清楚啦！總之，目前的情報相當複雜，我和阿願也很久沒見了。」

『這樣啊。不過也是啦，若不是如此條件與時間點，那些誇張的傢伙才不會輕易動手呢——哈哈哈。什麼嘛！也就是說，目前的情況真的很糟糕囉。』

「嗯嗯？這是什麼意思呀？」

『是說，我們一賊的殺人鬼如今四散各處，如果想把哥哥殺死、肢解、排列、對齊、示眾，確實是個很好的機會。』

「啊啊？人識，你這傢伙到底在說什麼啊——」

『沒什麼啊，我不可能說什麼吧！不然，再問你最後一個問題。老大，如果要你跟「咒之名」的那些傢伙對戰，你會用什麼手法？』

「『咒之名』？」

這問題也夠突然的。

咒之名。

時宮、罪口、奇野、拭森、死吹、咎凪。

正常情況下——包含殺人鬼的活動，若是正常的過日子，應該不太可能與他們扯上關係不是嗎？

「我不懂你的意思呀，人識。可以說些別人聽得懂的話嗎？像這樣沒頭沒尾的，還要我去猜測你的意思，我對你的好感並沒有到那種程度呀。」

『不需要理解啊，就是字面上的意思。如果這樣都不懂的話，老大的日文可能有問題吧？你和我、哥哥、以及曲識哥不同，以零崎一賊的殺人鬼來說——以及「殺之名」都是相當典型的戰士不是嗎？所以我才向你請教，「殺之名」該如何與「咒之名」對抗。』

「……這樣呀。」

他在打什麼主意啊，還是什麼惡作劇嗎？

不論如何都不覺得人識是真心的想要問這個問題，軋識反倒相當認真且直接地做出回答。

算了，不管是不是惡作劇。

「不要想對抗。」

『…………』

「對抗和對應都是沒用的。但如果可以，必須做些處置呀——那些人既不打算戰鬥也不願正面衝突，完全不會按照這種方向行事，價值觀跟我們更是截然不同呀——大多的時候，甚至連發動攻擊的機會也沒有呀！」

『啊啊，沒錯！不愧是老大，說得真好！』

人識好像正不停點著頭。

彷彿自己真的有切身經驗般，心有慼慼焉並表示贊同。

（……該不會真的交過手吧？）

軋識重新評估。

『不過也不能一味的逃跑對吧？而以老大的身分就更不可能了。對了！那叫什麼啊？零崎一賊史上最大陣仗，手法最為糟糕的那一次——叫什麼我忘了？』

「不許胡說！」

軋識急忙嚇阻了輕浮的人識。

「『咒之名』的那些傢伙根本不是人，但不是魔鬼也不是怪物，更不是人類最強——實際上，我確實曾經不小心和他們有了牽扯，但說實話，我完全不願回想當時所發生的事呀！」

連想都不願意。

忘也忘不掉——但就是不想思考。

『……這樣啊，我知道了。懂了懂了！你放心，我不會再多問什麼了！』

就這樣。

人識很乾脆地放棄追究。

果然還是在瞎鬧啊，軋識心想。願意理會他的自己，人實在太好了。

『再見啦！老大，好久沒和你說話，還真是開心。啊，對了！上次見面的時候忘記跟你說，不管是戰鬥中還是戰爭中，如果遇到了一個穿拘束衣，長髮的傢伙，千萬不要殺了他喔！他可是我的。』

最後。

單方面的打來的暴力電話，又很暴力的被切斷了。

「……搞什麼？」

軋識他。

對於自己在戰鬥中接起了人識的電話，還是感到後悔——為數驚人的問號不停在腦中徘徊，難以集中精神。

（就算……拿『咒之名』來開玩笑——）

（這次卻很反常的，是人識在找阿願？到底是怎麼一回事——在我不知道的地方，究竟發生了什麼事呢？）

中學畢業後便行蹤成謎的人識，雙識一直都在四處打聽人識的消息——即使是戰爭途中，只要一有時間，便會找尋他的下落。

軋識在一旁都快看不下去了。

阿願到底為什麼對那傢伙如此執著呢？是因為他是變態嗎？，還是因為變態的習性使然呢？軋識百思不得其解——不過，至少在他的記憶之中，從沒看過人識像這樣主動找尋雙識。

人識最擅長的，就是從雙識身邊逃走。

如果相反。

（……如果。）

（如果出現了讓人識不得不找尋阿願的實質理由——）

（——關於『咒之名』的問題——該不會是認真的吧？）
但是。
此時的軋識並沒有探究那些問號的時間。
一回神。
那位少女——早已站在正前方。
與她嬌小的身軀毫不相稱，怎麼看都像是在開玩笑的那把大刀，正輝映著妖艷的月光——
「飄啊飄！」
她。
露出了詭譎的微笑。
「……妳在等我講完電話呀？真是感謝妳呀——真是的，要不是出了這種狀況，我們的對戰本來可以更精彩的呀！」
像是表達對西条玉藻的敬意，軋識伸手撿起狼牙棒——他刻意將動作放慢，緩緩站起身。
（沒錯——想也沒用。）
（無論如何，都已經被那狂戰士困在這裡。而人識的事就交給人識他自己——又或者。）
（阿願就交給人識去處理吧！）

對於自己所做出的，那滑稽且可笑的結論，軋識忍不住發噱，接著悠閒的將草帽給戴好。

零崎軋識整理好自己的心情——展現出自信。

「那麼——就按照我的方式，輕鬆的開始零崎吧。」

◆　◆

在零崎軋識接到電話時，零崎人識這頭的情緒狀況，並沒有他想像中那樣高昂——人識是以自己的方式，表達出心境上的急迫。

畢竟背叛同盟中的一人，病毒使者・奇野既知，他不是平白無故的死去——未能取得人識的性命，卻也對他的身體造成一定程度的傷害。

更何況既知原本的目標，即非零崎人識而是零崎雙識，以結果看來他失敗了——就算曾經有過認錯人的這段插曲，但對現況卻也沒有任何影響。

藥效解除後，人識終於恢復了運動的能力，不過，身體依舊十分倦怠，毫無力氣。離完全復原還差得遠了。

不知道是否因為全身肌肉一時癱瘓的緣故，使得神經感覺過於亢進——人識推測，這或許是自己的身體狀況不甚理想的原因。

但事實真相可能完全不同（也不知道既知是否還對人識投以別種藥物），不過，就算與推測有差距，卻已經不會再造成更大的傷害了。

總之，關於身體上殘存的不適感，人識不願多想。

那是沒有意義的。

既然想也沒用，那就乾脆不要想。

讓它過去吧！

（而且，必須要先找到哥哥才行，但同樣也必須好好利用敵人背叛同盟的誤會。）

可能只是奇野既知個人的失誤，不過人識既然擊敗了他（不小心擊敗了他）──還刻意不去處理將屍體留在原處──背叛同盟剩下的五人，一定會尋著凶手人識的蹤跡追過來吧！

只要有線索，人就會動手。

即使是錯誤的。

（如此一來，也只能積極的誤導他們。）

該說是運氣好嗎？

肌肉癱瘓緩解，人識總算恢復行動能力（已經過了半天左右的時間），但繁華街道的『清場』現象卻仍然存在──聽說『咒之名』的人擁有如同結界術般的技能，不過這次的規模實在太大，看來並不能如預期的解除。施術者既知都死了，城鎮的活力卻仍舊不復返。

（以商業角度看來，無疑是令人困擾的技術──但對我來說卻是相當有利的。）

恢復動作能力的人識，第一個動作便是換裝。

就像是在婚禮中換第二套禮服。

沒有顧客也沒有店員，進入無人的屋內，他直接借用了更衣間，脫下那身退流行的搖滾打扮（多虧了這身衣物才揀回一條命），換上三件式西裝。

那笨蛋哥哥，平時還真能穿這身沒必要又緊繃的衣服活動啊！人識一面想，一面確認自己的儀容。

領帶的部分，就配戴那條雙識送的禮物，西陣織的典雅單品。在學時期都穿著學生服的人識可是從來沒有打過領帶，但在反覆研讀說明書後，總之，技術還算能過關。

人識其實也有他精明能幹的一面。

拉好袖口，將刀器藏入其中，那些小細節與調整，就使用店內的裁縫車以及車線組。當然，他身上沒有錢（如果賣掉指尖上的鑽石和全身上下的行頭，一定能獲得不少現金，不過這對人識來說，等同要他賣掉自己的內臟），因此，他將之前的衣服當做抵押，掛在店內，接著朝下一個地點出發。

眼鏡行的銀框眼鏡（留下太陽眼鏡）。

鞋店的皮鞋（留下靴子）。

走進髮廊借用了髮蠟，將頭髮全都往後梳好（已經沒有東西能夠留下了，他剪下一撮頭髮。這些應該夠買時鐘的指針吧）。

其實人識與雙識的體型完全不同（單純在身高上有三十公分左右的差距，而雙識極為精細的身材又相當獨特），但還盡可能得去模仿他的樣子。

（反正變裝不可能完全一樣，這種要像不像的程度應該剛好吧？太過講究也沒什麼意義。）

（十項特徵中符合了七項，剩下的三項也只會覺得是自己的情報錯誤吧——）

（——當然。）

當然，『零崎人識』那極為醒目的標誌，他的顏面刺青也用了ＯＫ繃和繃帶給遮住

——

同樣地，只要能符合『零崎雙識』**最大的特徵**，即算是滿足了最低的條件。

最後人識前往五金行，在手持刀具中，選擇了品質最好的且**與它最相似**的兩把，將刀柄改造成握把，再於刀身鑿洞，重疊在一起，用螺絲固定，組合成剪刀的形狀。

模仿——立即變身為『自殺志願』。

（這部分好像才是最不像的……）

以完成度來說，與其說是複刻板，還不如說是劣質的贗品。

如果人識願意再用點心，應該可以更接近原物才是——

（不過，若不像這樣重新加工……太過講究反而會失去刀子的機能。）

雙識所持有的『自殺志願』，以刀器來說非常具有魅力，卻不是一個容易操作的武器——難度高，藝術價值更高。事實上（大家都常這麼說），使用這個武器，零崎雙

識根本只能發揮一半的實力。早就應該丟掉它啦（然後將所有權轉交給我），但雙識對那把大剪刀卻相當執著。到底是怎樣的堅持，不只人識，就連軋識和曲識也不得其解——總之，礙於現況，就連他那笨拙的手法也必須要徹底模仿才行。

一想到接下來即將發生的事。

一想到即將交手的那五人。

（背叛同盟——只要奇野既知說的話有信用，剩下的五人也不會是什麼好東西。最少有一、兩人……又或者全部的五個人都屬於『咒之名』也說不定。）

目前的情況並不容許他太過樂觀，而人識也已經做好了最壞的打算。

再過不久，他將會知道自己的預想是正確的——無論如何，在人識的祕密作業結束後，他隨即開始找尋雙識的下落。

零崎一賊的殺人鬼中，能聯絡的人都聯絡了，也試過其他可能性，但全都落了空。

（連老大都不知道的話……哥哥應該是完全按照自己的意思單獨行動。該不會是與『小小的戰爭』有關的祕密行動吧？）

跳躍式的推理，也可能只是放大解釋，但雙識既然像這樣失去蹤影，這也難怪奇野既知會把人識誤認為雙識。

如此一來，可能要憑藉一賊同伴間的共鳴，也就是直覺（人識也不太清楚，不過確實存在著那種感應，而雙識就是靠它來追蹤流浪中的人識），四處找尋看看了——

「自殺志願，找到你了！」

——看樣子，他的行蹤先被發現了。

擊退奇野既知的兩天後。

當天深夜。

人識一回頭——

「背叛同盟中的一人，屬於罪口商會的武器職人——罪口摘菜是也！」

——正在等待著他。

◆　◆

有句格言說，只有愚者才不會用外觀來判斷一個人。

假如奧斯卡・王爾德從未說過這句話，那麼，在面臨戰鬥的時候，用外觀判斷敵人，才是愚者的行為——女子那奇特的風格，令人識瞠目結舌。

過於暴露的衣著。

熱褲、如同泳衣般的短上衣。

腳上的涼鞋怎麼看都不適合戰鬥——染成粉色的齊短髮，完全藏不了任何暗器。

如此的打扮，在敵人面前幾乎和全裸沒有兩樣。

與身上藏有大量刀器的人識，根本就是極端的對比——這樣也能叫做武器職人，實在有些可笑。

（不——笑不出來。）

（也說不出「真是傑作」這句話。）

（絕不能再犯同樣的錯誤——罪口果然還是『咒之名』的人吧？也就是非戰鬥集團——她不是為了戰鬥而來的。既然不是戰士，也不能期望會是一般的戰鬥方式——）

話雖這麼說。

有很多地方仍然相當不可思議。

同樣報上了背叛同盟的名號，襲擊人識（還是把我當成了自殺志願啊！）的手法，卻和之前的奇野既知不甚相同。

首先，現在是大半夜。

而場所，是在本來就沒有什麼人的公園。

基本上還在找尋零崎雙識的人識，因為夜深了，正準備找地方休息好為明天做準備——代替寢室的，就是這座公園。

竟然在這個時機——叫住了我。

這根本像是『殺之名』排行第一，匂宮雜技團會做出的舉動。

（根本就是出夢的手法啊！）

（……罪口？武器職人？罪口商會？唔，關於罪口商會——出夢那傢伙是怎麼說的

——）

這次很認真的回想，但還是沒用。出夢也不是對『咒之名』的一切全都瞭若指掌（暫且不提那傢伙擅長調查卻從未見過本人的『妹妹』），或者，兩人根本從未談論過這件事。

「呀啊哈哈哈——實際看到你，比傳聞中來的年輕呢！自殺志願。光憑聽說果然不可靠啊——還是說，你故意散布對自己有利的謠言呢？這也很常見啦！不過，你的運氣真的很好。」

女人——罪口摘菜，一邊感受著人識驚訝的視線，卻絲毫不介意地這麼說。

「在背叛同盟之中，就屬我跟**你們**最接近了——至少，不會讓你不明不白的死去。雖然不知道既知用什麼手段對付你——但我的方法再簡單不過了。」

因為是武器職人。

接著——摘菜舉起了右手。

（…………）

（……右手。）

沒錯，就是右手。

看來不像有佩帶武器，穿著打扮又極為輕便——不過，她確實備有武裝。

只是一開始並沒有把**它**當做武器，進入視野之中，卻沒能會意過來。

沒錯。

她的右手——握著一把大剪刀。

（剪刀——竟然是剪刀？）

而且，還不是一把普通的剪刀。

一邊的握把上即裝有**七片**的刀刃——也就是所謂的碎紙剪刀。

不對。

那當然不是一般的碎紙剪刀——背叛同盟的人怎麼可能特地拿那種保護個人資訊的文具展示人識看呢？

又加上目前摘菜面對的，是零崎雙識而不是零崎人識。

面對的，是以剪刀使者聞名的——自殺志願。

剪刀對上剪刀。

而她的稱呼是？

「武器職人……」

「沒錯，我是武器職人・罪口摘菜。身為背叛同盟的一人，受了委託要來取你性命——其實並不是這麼一回事。當然，也不是為了替既知那病原體報仇而來。」

喀嚓喀嚓喀嚓喀嚓喀嚓——七片刀刃像是在宣戰似的發出聲響。

摘菜她「呀啊哈哈哈哈！」的大笑著。

「**我是為了測試新作品**才來的喔！如果能打造出超越名刀匠・古槍頭巾所製作的那件俗稱『自殺志願』的剪刀——肯定能賣出不錯的價錢吧！你的『自殺志願』和我的

『七七七』——就讓我們來試驗一下，到底是誰比較出色！」

第三章

「有時，『放棄』這個決定是重要的，即使對手尚未倒下。」

◆ ◆

在不久後的將來，零崎人識會受到罪口商會的照顧——正確來說，受到照顧的是他『妹妹』——總之，那個時候的他才瞭解武器職人被稱為武器職人的真正原因。

以這角度來看，這也算是相當奇妙的緣分——因為那時的交涉對象，罪口積雪，正是背叛同盟中的一人，罪口摘菜的親哥哥。當然，現在的人識不可能料想未來的發展——他更想不到，將來的自己竟會多出一個『妹妹』，還必須為此向『咒之名』中的一名交涉——罪口摘菜，目前只不過是眾多敵對者中的一人罷了。

話雖這麼說。

罪口商會在『咒之名』六名中，確實較為與眾不同——而人識將來既會與他們**有所關聯**，某程度上也能確定他們算是異類。

不論時宮、奇野、拭森、死吹還是咎凪——都與罪口不同。剛好就和『殺之名』七名之中的零崎一賊、以及與罪口商會極為對立的闇口那群人一樣——不對。

不對、不對、不對、不對、不對、不是這樣。

既為異類——同樣格格不入。

負負得正——但在這種情況，異類碰上異類卻不見得會變正常。

對他們和她們來說——

就只是詛咒和被詛咒的關係。

◆　◆

「啊哈哈——啊哈哈哈哈哈！」

零崎人識——笑了。

並不是因為有趣才笑的，只是為了鼓舞氣勢委靡的自己而刻意這麼做。

在笑不出來的情況下。

撐起笑臉。

「呀啊哈哈！」

罪口摘菜——對此做出了呼應。

笑得十分猖狂。

人識無法想像她為何而笑——不過包括自己，會在戰鬥中大笑的傢伙其實也不少。

（不——好像並不是這麼一回事。）

（這傢伙——不會戰鬥。）

武器職人。

她只是想試用新開發的武器而已——拿人識當實驗對象。

鏗！

鏗、鏗、鏗、鏗、鏗——

像是鈍器相互敲擊般單純的頻率，在被夜幕包圍的公園中大聲迴響著。

人識的自製『自殺志願』。

和摘菜的七刃碎紙剪——摘菜好像將它取名為『七七七』。人識認為她實在沒有取名的天份——互相撞擊的聲音。

這不是舞刀之人所演奏出來的聲音，但兩人也絕非生手。

就因為是刀的側面相擊——才會發出有如鐵塊的音色。

（沒錯——不是外行人。）

（武器職人不只是名稱，使用武器的資歷肯定不短——與『殺之名』的戰士比較也毫不遜色。）

不過。

也僅止於此。

她絕對無法超越**我們的領域**。

武器專家——仍不是戰鬥專家。

當然，跟奇野既知那拙劣的鏈術不能相提並論——即使如此，在既知下毒的後遺症殘存的現在，人識依舊能輕鬆應付。

（唉，以剪刀當武器，動作當然會受到限制——）

目前的情況，兩個人都差不多。

若談論起武器的危險程度，『七七七』應該在人識的自製『自殺志願』之上。

七片刀刃。
也就代表著一次攻擊，會帶來七倍的傷害。
如果是雙識本人的『自殺志願』也就算了——人識只花了三十分鐘製作的複製品根本不是它的對手。改造後方便操作的設計，卻也因此減低了最終的破壞力。
即使如此，幸好人識的技術及機靈程度，能一時騙過專家的眼睛。摘菜似乎還沒有發現，人識揮動的那把剪刀其實是贗品。
（話說回來，妳這傢伙好像只用自己喜歡的方法看待現實的樣子——就是覺得自己製造的碎紙剪比哥哥的『自殺志願』還要厲害，那個暴露狂才會出現在這裡。）
（自顧自的想法——看不清事實。）
這對人識來說，是相當有利的情報。
零崎軋識認為『咒之名』六名是一群價值觀截然不同的人——看來他說得沒錯，但想要相互理解也不是完全不可能。
自己的信念。
自負的態度。
因目標而產生情感。
既熱情又同樣堅持。
只是規則不同罷了。
（就如同棒球與板球的差異——在外行人眼中，一定分不出來有什麼不同。）

看似在同一個戰場上——戰鬥。
「啊哈——啊哈哈！真是傑作！」
都已有了此程度上的見解——但人識仍舊無法打從心底的放聲大笑。
自己只是勉強擠出笑容罷了。
自己只是故做堅強罷了。
可惡！
到底是怎麼一回事？
這種——令人焦躁不安——不自然的感覺——
「看你的表情，好像很不自在的樣子——自殺志願！」
呀啊哈哈地笑著——摘菜說。
狂妄地說。
「聽說你經驗豐富不是嗎？怎麼了？難不成是第一次與罪口商會交手嗎？」
「……哈！」
（也是啦——如果是哥哥，一定曾經和『咒之名』的人對戰——說什麼不願想起，愚神禮贊大哥也同樣有過經驗——）
若真是如此，人識目前的所作所為根本是白忙一場。
用不著他挺身而出，雙識自己就具有足夠的實力能對付背叛聯盟。
至少，面對眼前的這位暴露狂，說不定還是那變態哥哥所期望的呢！

（不過，這樣不知羞恥的女人，好像不是哥哥喜歡的類型……不，只要是女人，他都非常歡迎。）

事實上，不論應付怎樣的敵人——就算是匂宮出夢等級的高手——人識也無法想像哥哥會陷入苦戰。

終結想像。

（如果我現在馬上道歉，跟他坦白自己其實不是自殺志願，她會原諒我嗎——下跪謝罪會有用嗎——我想應該是不可能。）

為了不要後悔。

既然都已經深深牽扯進去了——想要回頭，也必須先解決眼前的罪口摘菜。

（不過——還是太奇怪了。）

（從剛才——一開始還沒有這種感覺。）

（一旁看來，應該有牢牢咬住才是——但事實卻不然。）

（絲毫沒有在戰鬥。）

罪口摘菜的攻擊不具威脅性。

一點感覺也沒有。

這就算了——人識的直覺卻認為，這樣下去一定贏不了。

不，與其說是直覺。

還不如說是本能。

殺人鬼的本能——

「如果是這樣！」

罪口摘菜仰著頭——發出大叫。

既亢奮又誇張。

「就讓我告訴你吧！自殺志願——你從剛才就一直感受到的違和感，它的真面目！」

「啊哈哈！那還真是幫了我一個大忙！奇野既知那傢伙也是，你們背叛同盟的人還挺親切的嘛！有不懂的地方，都會特別說明給我聽！」

「別廢話了先聽我說！人家會想炫耀嘛——若不說明，就沒有人知道我們的厲害之處啊！用不著擔心，自殺志願，你能聽我炫耀，這也是最後一次了！」

鏗的一聲。

一記強及削過刀鋒——摘菜說道。

「你之所以會感到**焦慮**——那**焦慮**的原因，主要是因為你所信賴的『自殺志願』——並不能對我造成任何傷害。」

「……啊？妳在說什麼？我完全聽不懂！」

人識試著提出了如此的反論。

原來如此啊！他心裡其實是這麼想的——透露出如此珍貴的訊息，甚至還想要好好地向她道謝呢！

（先不管值得信賴的武器這點——雖然對它有些陌生。）

（我的攻擊——是行不通的。）
不。
行不通這句話還不足以形容。
就只是——一點用也沒有。
罪口摘菜的七刃刀無法傷害人識的身體，是理所當然的——那點程度的防禦能力，對人識來說再簡單不過了。
不過，人識的攻擊無法擊中摘菜的身體，就相當奇怪。
摘菜本身——並沒有採取任何防禦動作。
看不到她的守備姿勢。
這也就算了。
（……啊啊？）
（說著說著才發現——這是？）
自製的『自殺志願』和試用的『七七七』碎紙剪，在機能上很明顯是對方大勝。以射程距離看來，『七七七』至少是我的一倍——那把超越大剪刀的大剪刀。長度問題，對人識採取進攻的策略也算合理。
雖然合理——但也太天真的吧？
（程度沒有這麼低才是——刀觸碰不到，即表示我根本無法接近那傢伙不是嗎——）
又不是主動穿拘束衣限制自己的出夢，因為那種理由而刻意表現柔弱的戰士，我還是第一次見到。

「——喀！」

人識也不是個笨蛋。

與奇野既知的對戰已讓他得到慘痛的教訓——裝出一副技術很差的樣子，毫無意義的兜圈子。

當然，他們也不會急著分出勝負——而是到關鍵時刻，瞬間的解決。

懷抱著如此打算。

但是。

（連擦傷——都沒有嗎？）

「我是武器職人——罪口摘菜！」

第二度報上自己的名諱，語調更為高亢——她在對人識宣告。

「**我可是受到武器寵愛的人**！因此，只要是武器所發動的攻擊——對我來說都沒有效果喔。」

◆　◆

「我們的瘋狂——主要是將武器的地位看得比人還要重的部分吧！摘菜。」

罪口商會第四地區統籌輔佐——之後更爬上統籌大位的那個男人，摘菜的親哥哥，罪口積雪曾這樣對她說過。

應該是在一場酒席中。

「我既是如此，妳也不例外。比起這世界上的任何一個人，都深受武器吸引。在我們的定義之中——不是人戀上武器，而是武器戀上了人——人如果不堪用了，隨時可以找到替代，但武器一但毀損，就再也回不來了。」

積雪說道。

乍聽之下好像不是什麼重要的事——只是在復習著那些普通而淺顯的事實。

「武器是美好的。兵器是華麗的。凶器是惹人憐愛的——這就是我們罪口商會的理念，獨一無二的動機。」

人類的進化是從雙腳站立步行開始。

而將雙手從地面上解放，拿起工具的同時——人與猿的差異隨即產生。

當時拿起的工具——

不就是武器嗎？

「因此人類的歷史，就是武器的歷史。打造出武器的我們——無需征戰殺戮，就已經站在生態系的頂點，占領最高峰。」

應該先拒絕的。

摘菜能不像哥哥那樣，如此醉心於自己的職業——積雪對她來說是優秀且值得尊敬的哥哥，但在武器製造上，她認為必須拋棄那些老舊的思想，獲得更多自由才是。

自由——自由競爭。

不過，摘菜仍然是罪口商會中的一員——如同哥哥所說的，武器的地位也確實在人之上。

好比說這次的行動。接過背叛同盟所賦予的任務，身負殺害零崎雙識・自殺志願的委託，卻將個人的目的，試驗新開發的碎紙剪『七七七』看得更為重要。

最初人識所說的話，絕不是只是口頭上的謙虛。

若不是同為剪刀使者『自殺志願』，摘菜一定會將零崎雙識的殺害指令交給其他五人。

無論好或不好，她都只對武器有興趣。

隸屬於背叛同盟，也沒有任何改變。

無論好或不好。

這次——卻是帶來了不好的作用。

「痛……」

像這樣。

忍不住叫出聲音來。

這只不過是種假設——如果摘菜能少花點心思在『自殺志願』上頭，而對它的主人零崎雙識，以及零崎一賊多點興趣，或許她就能注意到與零崎雙識並列零崎三天王中的一人，零崎一賊中最大的異類，那『少女趣味』零崎曲識的存在了。

如果能就此追往零崎曲識的所在地。

他雖然是殺人鬼，但擁有的技能卻偏向『咒之名』的手法，也是一賊中唯一擁有能和『咒之名』相抗衡的技術的人——或許也能知道他正被危險信號困在深山中的舊洋館裡。

關於其他五名就先不說，零崎曲識為什麼獨與武器職人集團，罪口商會對抗呢——零崎曲識他音使者的身分，是一切的起因。

他以聲音做為武器、做為兵器同樣做為凶器——那是事實沒錯，但他所使用的媒介幾乎都是樂器。

巴松管、單簧管、喇叭、平臺鋼琴、響板、小提琴、鈴鼓、木琴、口風琴、手風琴甚至是直笛。

那些樂器的本質既不是武器也不是兵器更不是凶器。

當武器攻擊失效，那是很大的特徵，也是很大的詛咒——最早的信仰也是基於特異體質而發展的也說不定——對於『殺之名』來說是一種威脅，但反過來說，對於零崎曲識那樣，**將非武器的物體當做武器來使用**的人來說，那根本不足畏懼。

罪口摘菜和零崎人識。

關於這兩人對決，若談論起改變情勢的分水嶺，那一定在確定她是否認識音使者，零崎曲識的時候。

自己的額頭好像被什麼東西給打到，摘菜的動作瞬間靜止。

「什麼……？欸？」

『那東西』隨著重力，接著墜落地面，進入摘菜的視野中——不過，她的腦卻拒絕接受那出乎預料之外的東西。

大腦不相信視覺。

但這如果是透過狙擊槍的瞄準窗所看出去的畫面，摘菜一定已經會意過來了——

「那可是『手機』喔！」

最後，在摘菜做出反應和理解前。

投擲手機的主謀零崎人識他——親切地為她解說，像是在感謝她特地為他介紹『咒之名』排行第二，罪口商會的特質一樣。

「這不是什麼戰隊英雄的配件喔——『手機』**怎麼想都不算是武器吧**，啊啊啊啊啊？」

「…………！」

人識的話語帶有挑釁意味。

罪口摘菜的精神，瞬間沸騰了起來。

倘若人識將手中自製的『自殺志願』以外的刀——藏在身上各處的刀器，包含貼在指尖的鑽石刀——朝著摘菜丟去，應該連碰也碰不到她吧？

如同瞄準亞歷山大大帝的箭——全都往別的方向飛去。

即使開機關槍掃射，子彈一定也會避開她的身體——出其不意扔出暗器，肯定也沒有用。

原來是這種詛咒啊！

附在她的肉體上。

當然目前的人識，對那像是『魔法使者』——『超能力者』摘菜的言行，還不是完全地信任，但這時他決定採納『愚神禮贊』，零崎軋識的意見。

軋識說：

『咒之名』六名——價值觀不同。

那麼——就順應那價值觀試試看吧！

用他們的方式——直至取她性命。

人識走到這終於有了結論，對付背叛同盟，現在才算一個新的開始。

「……唔……喀，喀哈——喀，嗚嗚——呼呀，呼——」

嗯。

摘菜不可能理解人識那層面的思維。

不是戰鬥集團，屬於非戰鬥集團的她——以個人特質來說，尚未成熟。

就算在自己的地盤——只要站在同一個戰場上，她便不是『殺之名』的對手。

「這是什麼啊，不要開玩笑了！手、手手手，手機？！這倒地是怎麼一回事！你就打算這麼做嗎？可以認真一點嗎？居然是像這樣，像這樣的東西！」

她用涼鞋狠狠踩碎了地上的手機。

然後任憑暴走的情緒支配，大動作地揮起碎紙剪『七七七』，罪口摘葉朝著人識襲來——完全不知道自己已中了人識設下的圈套。

在她想要試用『七七七』，而將殺死目標的任務擱在一旁的那個時候——

「我要——**殺了你**！」

「殺了我？喂喂，那不可能吧？妳雖然是武器的專家，但說到殺人，**我們**才是職業的！」

——甚至不知道自己早已離開了敵人的戰場。

在七刃刀的七片刀刃，觸碰人識脖子的瞬間——表面的皮膚開始碎裂的瞬間。

罪口摘菜，不能動了。

『七七七』就架在人識的脖子上——卻一動也不動的，靜止。

肉體無法動彈，只剩精神狀況相當激動且動搖——不過，沸騰的腦袋，是無法指引出正確答案的。該不會是奇野既知的詭計，他身上的毒，竟未能命中目標，反轉移到自己昔日夥伴身上——

能回答這個問題的，依舊只有人識。

這才是奇野既知最後的道別，喉嚨隨時就要被切斷了——以形式上來看，陷入危機的其實是零崎人識。

「……這本來不是我的技術，手法也尚未純熟，並不值得拿出來說嘴——但這招可叫做曲弦線喔！」

雙手。

十根指頭微微的顫抖——人識這麼說道。

順道一提，在他知道武器攻擊對罪口摘菜無效的時候，就已經把自製的『自殺志願』給扔到地上了——瞬間做出決定。

不會有販賣內臟的感覺。

但已做好了捨棄內臟的覺悟。

「用病蜘蛛來解釋，會比較容易瞭解嗎？」

「病……蜘蛛？」

「**針線盒裡的縫線**——也**不算武器**吧？在縫這套西裝的時候用了不少，還擔心量不夠呢……剛剛好，還剩下足以拘束你的長度。本來是怕縫線鬆脫才帶在身邊的。」

「你說是……縫線？」

那個解答——使摘菜沸騰的大腦逐漸冷卻。

在目前的溫度下所作出的理解——一切已經結束了。

「怎、怎麼可能——怎麼可能會有這種事！怎、怎麼會是縫線——」

「可別小看它！曲弦線是拘束術。無論你如何掙扎，都不可能逃脫的。」

人識說。

「我從來就沒想過要用手機做為殺妳的手段。那只是為了讓妳生氣罷了——什麼新型武器實驗，那些我才不管，一心想著要縮短和你的距離。要我接近妳有些困難——所以，只好讓妳主動靠近我囉！」

「距——距離。」

「沒錯，距離。射程距離。我的曲弦線的射程距離連五十公分都不到。我所知道的曲弦線可是有捆綁一座山的實力，但我實在沒有那麼厲害。嚴格說起來，我也只是在模仿那傢伙而已——不過啊，罪口摘菜，我和她的曲弦線除了射程距離之外，還有一樣最大的不同。」

人識他。

終於能夠打從心底的——

「啊哈哈。真是傑作！」

他笑了出來。

因為笑得出來，所以他笑了。

這當中的分別，罪口摘菜是不會知道的。

而她——卻再也無法猖狂地笑了。

「——我的曲弦線，可是殺人取向啊！」

全身流竄著從未感受過的痛楚。
好像成了一塊火腿。
最後——成了一具屍體。

◆　◆

某人相當驚訝。
「摘菜竟然輸了？」
另一個人也相當驚訝。
「你是說摘菜被殺了嗎？」
沒有人能夠否認，甚至——
「是的。」
有人簡短的證實。
「零崎雙識——看來我們小看了自殺志願。沒想到既知和摘菜竟會接連的——這是我們背叛同盟成立以來最大的醜聞。」
「好像能夠聽到那位軍師嘲諷的笑聲。」
「被嘲笑的其實是我們。」

「這麼說來，先死的兩個人還挺令人羨慕的。」

「已經不容許再一次的失敗——這攸關背叛同盟與『咒之名』全體的名聲。」

「那麼該怎麼辦？」

「那麼該怎麼辦？」

「那麼該怎麼辦？」

「那麼也只能由我出馬了——本想要低調一點，不願把事情鬧大，但看來也沒有別的辦法——」

有人下定了決心。

然後說。

「——就由我拭森貫通，帶領千條蟲，毫不留情地將零崎雙識消滅。不需戰鬥就消滅他。」

第四章

「你看！面對毫無軌道可言的人類，地球卻依舊如此蒼藍。」

◆　◆

背叛同盟最初的刺客・奇野既知曾對零崎人識說過「最初遇見我，也算你運氣好」，而第二位刺客，罪口摘菜也說過一樣的話。

這或許是兩人的個性問題，但基本上他們所說的全都不假——像是呼應這句話，那第三位刺客，拭森貫通，對人識來說，是最大的，不，至少是第二大的不幸。

那個人在背叛同盟之中，是最符合『咒之名』這個名稱的戰士——大部分的情況，目標甚至不會發現自己與貫通交手就已經結束了。

那麼，零崎人識——究竟會被終結還是存活下來？

又或者，連開始的機會都沒有。

◆　◆

「……可惡！總算有些頭緒了——我已經遭受到攻擊，但從何而來？又是從誰而來？而他的**目的**——到底是什麼？」

如果簡單地整理目前的狀況，現在零崎人識十七歲的行動原理，大概可分為兩項——

一項是找尋哥哥・零崎雙識的下落。

而另一項，則是引誘背叛同盟出手。

前者只能用聽天由命來形容，換句話說就是一點線索也沒有——對於一直都被他追著跑的人識來說，也不得不承認眼前那個令人火大的事實。那個雙識若是真心的且按照自己的意志，消失了蹤跡，不論是人識或是其他人都不可能找得到他。

話雖這麼說，關於後者最後的結論似乎也是一樣——人識所屬的『殺之名』七名已經算是世界的裏層，那『咒之名』六名絕對在它之上。

更見不得光的部分。

與他們接觸，對人識來說是第一次的經驗——那像是傳聞，有如都市傳說般的存在。

在現實中好像完全不存在似的，禁忌的非人境界。若是還有比他們更不為人知的組織，恐怕也只有玖渚機關的柒之名而已。

那有如都市傳說的一群人竟鎖定了零崎人識，這可是能好好和子孫炫耀的事跡啊——人識雖然出此豪語（他完全不到會有子孫的年紀），無論如何，打從一開始就沒有讓『咒之名』主動出現的方法。

（這麼說來，我也只能等待他們的襲擊——）

人識打算以較有效率的選項為優先，總之，先以前者為目的，專心搜索雙識的蹤跡吧！

幸好。

不，好像也稱不上幸運。

已經和奇野既知、罪口摘菜正面交鋒，直到目前為止，背叛同盟的人都還是將人識當做自殺志願——但實際問題，在心情層面上，人識其實是相當困擾的——所以也沒有必要太過著急。

形式上，背叛同盟追殺人識，人識在找尋雙識而呈現鬼抓人的狀態——站在既被追又追人的立場，人識還是第一次遭遇如此兩面夾擊的情況，怎樣都悠閒不起來。

不過人識他。

（算了，簡單就好。）

心裡這麼想。

（比起一次進行兩項目標，只要不麻煩就好——）

但。

只能說如此見解太過膚淺了。

先不管雙識的搜索——現在自己面對的，可是『咒之名』。

那麼，當然不會僅限於**襲擊**的手段——無需戰鬥就能取人性命，無需接觸就能殺害目標，這些對他們來說都是可能的。

零崎人識——還不知道。

如今才恍然大悟。

「從剛才開始——可惡！我就一直在同一個地方打轉——景色絲毫沒有改變。到底是什麼情形啊——他們對我做了什麼？就，像這樣，完全搞不清楚狀況——」

與罪口摘菜決戰三日後——零崎人識在街道上徘徊。

這次是住宅區。

都市郊區，以規模來說，應該用鎮來稱呼比較正確，稍微走個幾步便能抵達田原，算是個鄉下地方。

人識已經在這住宅區晃了一**整天**——並不是得知了雙識的所在位置，而刻意縮小範圍，地毯式搜索。

事實上。

對人識來說，自己只不過是路過——行經這個住宅區，只是跟隨那細如蜘蛛絲般的線索，抵達目的地前所抄的**捷徑**。

但別說是有縮短距離了——人識卻遲遲沒有離開這裡。

不。

自己很清楚必須離開才行。

不過——卻**遺忘了自己的下個目的地到底在哪裡？**

正確來說。

目前的情況應該被稱做**遇難**。

又或是——咒難。

「……原來如此。『咒之名』終於發揮了他們的本領——不，才不是原來如此呢！根本不是欣然接受的心情——遇到這種現象，不可能用『原來如此』帶過——」

和奇野既知那時清場的狀況不同，也不像與罪口摘菜在人煙稀少的場所交手。

這裡就只是個住宅區。

往公司移動的上班族、乖乖跟著成路隊前進的小學生、採買中的家庭主婦——他們全都對人識的外型投以異樣的眼神（西裝的樣式並不會太誇張，引人注意的應該是髮色的部分。），心裡想著「該不會是殺人鬼吧？」然後就這樣擦身而過。

（那一幕真是平和——就連我都快要融入其中，安穩的日常生活即景。）

（但——對我來說。）

（這個地方——卻是戰場。）

當然，對手並不是這麼想的。

對他來說一定不是如此。

沒有一個地方會是『咒之名』的戰場——甚至應該說是不戰之場吧？

（……然而。）

以人識的立場——在感受到攻擊的當下，這地方就已經成了戰場。

（不過——**對手，到底想怎樣？**）

（**敵人，會是哪一個傢伙？**）

思考中的人識，身體倚靠著民宅的磚牆——說是在這裡滯留了一整天，但這段期間內，人識前進的腳步絲毫沒有停頓過。

雙腳當然無法負荷。

人識並沒有他的舊友的怪力，能一時興起的快跑繞日本一周。

但比起肉體上的疲憊——精神層面的影響卻更是顯著。

像是被鎖在結界裡，無法離開一定範圍內所造成的精神疲勞——但不是如此。

精神層面確實相當疲憊。

不過，與無法抵達目的地的那種無力感延伸出的疲勞不同——

「……我到底是為了什麼——又是在跟誰戰鬥呢？」

——漫無目的，失去目標。

那是失去目標所造成的——無力感。

◆　◆

受到攻擊的人識本身不可能不知道，若是直接了當的揭曉此現象的成因和手段——他的迷失，是因為『咒之名』排行第四，屬於拭森動物園的背叛同盟成員，拭森貫通腦內干涉的結果。

沒錯。

不是精神而是腦部。

他的大腦受到干涉。

他的大腦遭到攻擊。

此現象與零崎曲識使用聲音的手法有些類似——引發的症狀也差不多，但拭森貫通卻比曲識超為再過分了一些。

應該說手法很骯臟。

總之，他一直以來的方式——絕不讓目標有**遭受到攻擊的自覺**。

絕不戰鬥。

不戰，而殺人。

絕對——不接觸而取人性命。

雖然排行第四，但拭森在某程度上，卻是最接近『咒之名』的『咒之名』——大部分的目標，連自己被鎖定了、受到攻擊了、遭到襲擊了、甚至是快沒命了都不知道——就這樣死去。

人識接連續與背叛同盟的兩人——正因為承受過奇野既知和罪口摘菜的攻擊，他才能稍微瞭解自己目前的狀況，但他仍然無法察覺那第三刺客・拭森貫通的存在。

打從昨天開始。

拭森貫通就一直跟在他的身後徘徊著。

毫無感覺。

甚至——不會有感覺。

像是被忽視般。

又像是盲點。

「拭森動物園的特性『腦內干涉』——當中，我的技術應該是最弱的，但也是最可怕的。」

他就在身後這麼說——但人識卻完全沒有回頭。

好像連聽也聽不到。

並不是耳朵出了問題，而是大腦無法做出判斷——

「怎麼說都不算值得炫耀的強技——只是弱者的理論，迴避戰鬥的一種手段罷了。使其遇難，迷失的技術。簡單來說，沒錯，應該就是『失去目的的能力』吧？」

貫通繼續說。

即使沒人回應也不在乎。

從一開始就沒有期待會有人做出回應——造成此現象的人是他自己，這也是理所當然的。

「人——還有動物，甚至是全部的生物，都是有目的的存活在這世界上——有人用慾望這種粗俗的字眼來表現，但我覺得朝著目的前進的舉動，應該是更為崇高，是一種高尚且值得驕傲的行為。」

毫無回應，他繼續說。

「所以——我才破壞那份驕傲。」
「……呿，真是傑作！」
對拭森所說的話沒有任何的反應，人識喃喃自語，重啟了腳步。
「喔！」
這個事實令貫通有些震驚。
「還不夠絕望啊——真是頑強，不愧是自殺志願啊——能夠擊敗既知與摘菜。」
與之前的兩人一樣，拭森貫通也將人識誤認為雙識——但他卻比那兩人更慎重。
大局已定的情況下——對於貫通來說，自己的攻擊已經結束，不過他仍然沒有鬆懈。
尚未露出得意的笑容。
也不急於炫耀自己的勝利。
貓會玩弄老鼠，直至牠死去，而實際上也有懂得觀察的貓，但貫通認為如此的舉動，絕不是為了遊戲。
不是玩弄——而是用心。
防止老鼠被逼急了而反咬牠一口。
緩慢且全面性的——使其逐漸衰弱。
「所以我絕不會太過著急——就讓我持續看著你的衰敗吧！而我只是讓你感到絕望。」

那些細節就先省略吧！

總之，人識的大腦正受到拭森貫通強烈的干預——昨天的某個時間點，在毫無自覺的情況下，貫通入侵了他的大腦。作法屬於企業機密，不過，對於只知道『背叛同盟』這個名稱（就連那是否為『咒之名』的人所組成的集團，都不甚清楚）的人識，幾乎不可能躲過敵人的攻擊。

而如今，貫通正從人識的背後——持續入侵。

加強入侵。

持續干涉。

人識絲毫沒有察覺。

不可能察覺。

那都是因為——他迷失了。

失去了目標。

本應存在的目的——那兩項都已消失。

如果是零崎曲識的音樂干涉，對手是能夠察覺的——經由自己的意志，感受到自己無法動彈的違和感。

而貫通也不是刻意支配意識或是意志——只是單純使人迷失。

迷失於自己前進的道路上。

使人失去目標——失去所謂的目的。

不止是意識，而是奪去那整個目的本體。

零崎人識他。

忽然找不到追查雙識的線索——遺失那個目的地。

越想要離開就越無法跳脫——離開這個地方的目的已不復在。

逐漸失去了根本意識。

失去找尋零崎雙識的目標——失去引誘背叛同盟出手的目標。

自己是為了什麼又為何而行動？

完全沒有一點頭緒。

甚至沒能察覺跟在後頭的貫通，當然對他的聲音也沒有反應——而背叛同盟的一人，拭森貫通本來就是人識的『目的』。

正因為如此——他才會失去。

越是仇視就越是無法察覺他的存在。

就如他本人所說，這確實是最令人畏懼的能力——但也要那個當事者能夠發現這了不起的能力與表現。

先不論這算不算是一種詛咒。

從對手的意識之中奪取他的優先順序。

奪取行動原理。

奪取——他的動機。

奪取的並不只是動機，而是動機所針對的對象。

目前的人識就像這樣，毫無理由的感到疲憊和無力逐漸在心中累積。

身體越趨沉重。

徬徨無助。

持續地失去。

然而──拭森貫通的腦內干涉最為恐怖的地方即在於，一旦陷入他的詛咒。

就完全沒有辦法──逃脫。

沒有任何退路。

因此，詛咒成立的條件同樣相當嚴格──但對於需要戰場才能夠戰鬥的『殺之名』來說，只要多花點時間，也不是不可能。

當然，如果是零崎雙識，在遭受攻擊的當下就會有所察覺──以人識的立場，奇野既知的毒和罪口摘菜的『七七七』都還算能夠對付，但就連原本的目標零崎雙識本人，都不見得能躲過拭森貫通的咒語。

然而。

腦內干涉並不是沒有弱點。

與其說是弱點──更像是缺點。

「這其實是非常粗糙的技術，不分對象，也無法控制任何細節。」

貫通說道。

主動告知眼前漫無目的行走的人識——當然，他根本聽不到。
想要干預如同人腦這樣複雜的系統，某程度上來說，是必然的結果——貫通並沒有辦法指定失去的目標。
回顧拭森動物園的歷史，也從來沒人能夠做到。
即使能夠干預大腦，卻無法得知該對象的想法，因此，想要根除一切是極為困難的。
說穿了只是腦內干涉而不是精神干涉。
而精神干涉——是時宮的領域。
所以。
貫通並不知道人識所失去的最大目的為何——關於零崎雙識的搜索。他若是知道這一切，同時也能判別出眼前的這位少年不是自己的目標，自殺志願——但他無從瞭解。
某程度上其實很諷刺，對於自己正在浪費時間這件事，貫通竟渾然不自知——換句話說，這白白浪費的時間，也即將走到盡頭。
他雖對於人識（貫通以為是雙識）尚未感到絕望的部分心存佩服，但他也知道並不會持續太久。
因為——
「我的腦內干涉，已經進入最後階段。」
貫通像是在宣判死刑似的。

靜靜的。

對於不可能做出回應的對象，靜靜地訴說。

「你目前——連**休息**這個目標都會被奪走。」

失去休息這個目的。

既然不知所措，就應該像那樣倚靠著磚牆——或者直接癱坐在原地啊！沒想到竟毫無意義的再度出發。

完全就是末期症狀。

輸了這場賭局。

他像是陷入了不論輸贏，只為了賭而賭的局勢般——毫無目的。

竟然都走到了這一步。

看來也不需要繼續強化入侵的必要——人識已經連吃飯、喝水如此基本的動機都已經失去了。

接下來，只會步上衰弱一途。

持續徘徊個幾天，最後莫名其妙倒下。

「而我就會大發慈悲結束這一切，讓你獲得解脫——既知的失敗只有一點，那就是畏懼零崎一賊的報復而沒能使用致命性的毒藥——不過，我絕對不會重蹈覆轍，也不會冒那個風險。更何況，即使零崎一賊鎖定了我，我也只要奪去那個目的就行了——危機就是轉機，即使獲得了『在零崎一賊的報復之下存活的男人』如此的稱號，我也不會覺得困擾啊！」

像這樣。

不急於炫耀自己的勝利。

就在拭森貫通幾乎確定獲勝的那個瞬間——人識，採取了行動。

「嗚喔喔喔　喔喔喔喔喔喔喔喔！」

他——奔跑了起來。

突然，全力衝刺。

「什……？」

這令他驚訝。

貫通被嚇了一大跳。

該不會糾纏他的行為被發現了吧？心都涼了一半，但這是不可能的。若真是如此，他應該會朝著我全力衝刺才是——而人識卻朝著與貫通完全相反的方向奔跑。

「看樣子精神層面受不了壓力而陷入錯亂了——自殺志願！在絕望之前發瘋了啊！才一天就瘋了！脆弱得令人意外！還是真的人如其名，而志在自殺呢——！」

這對於看穿事實的人來說，是極為可笑的結論，不過，貫通會做出那樣的判斷也不能怪他。

到目前為止——陷入貫通的詛咒而走投無路，最終發狂的目標，不知有多少。

他始終在一旁觀察這一切。

突然奔跑的行為確實出乎意料，但即使是這次的目標，大名鼎鼎的零崎一賊，所作出的行為也和目前為止的獵物沒有太大的差別——

「哼！不過不能讓他跑得太遠——得趕緊追上才行。」

說完，貫通便追了上去。

朝著人識奔跑。

雖然已經進入了最終階段，不需要再強化任何的侵入——即使如此，也不能讓他離開自己的視線。

如果倒在什麼荒郊野嶺也是挺麻煩的。

拭森貫通，他仍是一位專業的戰士。

要由自己做出最後的評斷，這是他一直以來的原則。

正常來說，屬戰鬥集團『殺之名』的人如果全力衝刺，『咒之名』的人是不可能追得上的。但目前的對手，是在失控邊緣的人識——不一會兒功夫，貫通便追上了他。

在前方的轉角處——零崎人識倒在電線桿的下方。

像是失足跌倒般——

一動也不動。

「……嗯。原來如此。最後一絲力氣也用盡了啊——但不就這麼一回事嗎？做得很好，自殺志願，你已經很努力了！」

像是在幫他評分似的。

一面整理著全力奔跑後紊亂的呼吸，貫通朝著倒在地上的人識，一步步逼近。拿出一把，小型卻能將人——足以殺一名無法動彈且衰弱的人。他從懷中取出一把小刀。

時機很剛好的落在合適的時段，路過的人很少——不過，就算有目擊者，這對貫通來說也不構成任何威脅，只要奪走他們目擊的目的就行了。

此時，他對人識的警戒已完全解除。

貫通已確信自己的勝利，也找不到保持警戒的理由。

沒有人能指責他的大意或是疏忽——基本上，沒有任何一個棋手，後在將對手逼到死路後，還持續戒備的。吃掉將帥，棋局就已經結束了。

但是，若真要為此發表一點意見——

如同零崎人識第一次面對『咒之名』以及拭森動物園的人，背叛同盟的人們——不論拭森貫通，他們都應該對於初次交手的對象，零崎一賊的殺人鬼多做瞭解才是。

例如數年後，同樣鎖定零崎雙識，匂宮雜技團的分家『早蕨』的隊長，早蕨刃渡即是在做足了萬全的調查以及調整後才終於敢向零崎一賊發下戰帖——背叛同盟如果能有他們一半慎重，或許在零崎人識與拭森貫通的這一戰，就不會造成如此的結果。

但說這些也沒用。

而這又是。

為殺人而戰與不戰而殺的人之間——決定性的差異。

「——啊啊。這次完全沒能殺死、肢解、排列、對齊、示眾啊！」

人識一個人呢喃。

在他接近毫無警覺的貫通，並破壞心臟的同時。

使用的武器為『七七七』。

罪口商會之罪口摘菜所製作的試驗品——和既知相同，為了使他們能夠找到自己的蹤跡，特地將她的屍體放置在公園內，人識也順手接收了那把碎紙剪。

比起自製的『自殺志願』具有更高的攻擊能力，操作起來也相當方便，讓他不禁佩服起用它來戰鬥的設計。這應該會比自製『自殺志願』更具說服力吧？

而現在，那七刃刀中的七片刀刃。

總計十四片。

在拭森貫通的心上刺出了十四個洞。

那是不論怎樣的名醫都無法治癒的致命傷。

「欸……為什麼？」

貫通無法理解究竟發生了什麼事。

也不能理解自己怎麼會受到這麼重的傷。

那些疑問——不停地亂舞著。

「怎、怎麼可能——自殺志願！你應該失去了所有『目的』才是啊！所有動機皆被我給奪去！就連——攻擊我們的覺悟也是！守護自己性命的本能也是！什麼都不應該留下的啊！你應該失去了一切——不可能繼續前進啊！」

貫通盡可能地大喊著。

不顧自己的存在與技術，一味地責怪對手——但即使如此，仍然沒有人能責怪他的行為。

現狀對他來說。

實在太難以接受了。

「那樣的你，又是為了什麼而殺我？」

「你最好回家念點書再來。」

面對貫通。

人識一臉不耐地回答。

「殺人鬼殺人，是不需要目的的。」

無力的聲音，是源自於衰弱——貫通的技術，腦內干涉並不是對人識毫無作用。

甚至超過了預期的效果。

人識真的失去了一切。

成了一個只會行走的存在。

不過——即使只會行走，他也是個只會行走的——殺人鬼。

這本質是不會改變的。
「即使靠近我的不是你——我也會殺了他。就只是這樣。」
不是想殺了你。
我只是殺了一個人罷了。
零崎人識——用空洞的眼神說著。
「出夢那傢伙說過，『咒之名』根本不是人——從你們試圖殺我的舉動來看，根本就跟一般人沒什麼兩樣。這讓我放心不少啊——只要是人，我誰都殺。」
「那，那麼！」
貫通說道。
他仍舊無法理解。
完全搞不清楚狀況。
一直都在安全範圍內戰鬥——只會在安全範圍戰鬥的他，難以接受這個事實。
完全地。
迷失於現況。
「突然衝刺——到底有什麼意義？」
「什麼也沒有。我確實失去了所有目的——而你就是要我連**攻擊對象是誰**都全部遺忘，然後逐漸衰弱——沒錯吧？」
人識的手，脫離碎紙剪的握把。

連握力都沒有了。

人識已衰弱到——如此境界。

「反過來說，只要**我變得衰弱無力**，敵人就會趁虛而入取我性命——所以我奮力地向前衝，故意使自己疲憊。而跑著跑著，我其實也忘了自己奔跑的原因——」

「…………！」

貫通從不急著要做出了結。

直至目標徹底衰弱，一天兩天，一個禮拜或是一個月，甚至是一年，他都願意等下去。

不過。

他根本沒有理由——等待。

而人識就是看破了這點。

故意使自己衰弱——故意倒下，等待貫通的接近。

意圖性的，衰弱。

將自己當作誘餌——引誘貫通出手。

即使想不起自己的目的。

肉體——卻完全記得殺人這個行為。

超越覺悟。

超越本能。

殺人鬼的定義，那單純的殺意——無論衰弱與否，都一點關係也沒有。

活著，就是以殺人為優先。

殺人的魔鬼——殺人鬼。

「——聽懂了就快去死吧！我又累又渴又餓——還必須離開這個地方，追殺你剩下的同伴三人，並盡快找到哥哥的下落。」

當然，一切都是為了殺戮。

人識說完——便重新握緊『七七七』，往右邊一轉。

就像是打開水龍頭般輕鬆。

而有如噴泉般的血液，從貫通身上傾瀉而出——

「……哥哥？」

只是覆頌著對手的臺詞。

那便是拭森貫通最後的遺言。

第五章

「金錢當然重要。但千萬不要忘了，有一樣東西比它更有價值——
那用金錢購得的商品。」

◆　◆

收拾了背叛同盟的第三位刺客・拭森貫通——同時，零崎人識也達到了極限。

不只因為貫通的技術所帶來的消耗——包含奇野既知和罪口摘菜的攻擊，傷害和疲備確實累積在他身上累積。

（出夢那傢伙有說過——對專業的戰士來說，最重要的並不是獲勝，而是持續不敗——）

零崎一賊的生活形態，人識是從兄長零崎雙識身上習得——而身為戰士生存之道，則是仰賴匂宮出夢地指導。

從這層面看來，零崎人識在『殺之名』中是個雜種。不過也因為如此，他才得以從那殘酷的人生經歷中，持續苟延殘喘的存活下來——

（生存——出夢說，那是最重要的。）

（還真敢說呢！你這傢伙，明明無時無刻都抱著必死的心情活著不是嗎——）

在零崎人識所認識的戰士之中，匂宮出夢比任何人都強大。

幾乎可以說是最強。

以如此的概念而製造的**作品**來說，這是理所當然的——不過，即使是那樣的出夢，若是與自殺志願，零崎雙識對戰，依然沒有勝算。

雖然沒有什麼了不起的根據。

但不知道為什麼，就是這麼覺得。

出夢既然抱著必死的決心——雙識便沒有理由會輸。

人識是這麼想的。

（沒錯。持續勝利，然後生存——相當驚人的，那位笨蛋哥哥，一直以來就是像這樣——）

因此，我目前的所作所為，完全都是多餘的——

他一遍又一遍地忍不住這麼想。

不過事到如今，也無法挽回了——一開始雖是奇野既知認錯了人，但人識也親手解決了背叛同盟一半的成員。

而這個錯誤並不會停止。

也沒有解釋的餘地。

就算表明了自己的身分，人識依舊會被當做背叛同盟的敵人——而且。

零崎人識目前——不，其實從一開始，他就不打算半途而廢。

即使可能會後悔，即使後果不堪設想，卻還是要拚出個結果，這是不論任何時期的人識都存在的，那極容易理解的共通點之一——

「——背叛同盟的一人，死吹屍滅。」

然後。

那第四位刺客就在人識解決貫通後，幾乎是瞬間，現身。

三秒後。

一點都不誇張的，他就站在那裡。

正打算拔下貫通胸口的碎紙剪，背後就有一個人像這樣報上了自己的名諱。

「啊……啊啊？」

人識困惑且憤怒地轉過身。

最糟糕狀態。

疲勞不已又全身是傷的情況下，還以為能稍微喘口氣的時候，新的角色竟然就這樣登場了。人識崩潰的心情可想而知。

不過。

那樣的倦怠感——瞬間就消失了。

那個男人。

被死吹屍滅的站姿，一掃而空——

「自殺志願——零崎雙識。你還真有能耐啊——竟能從貫通的手中逃出。事實上，你還是第一人。」

那是一位全身是傷的男子。

臉部到喉嚨，從手臂至指尖——都留下了舊傷口。

沒有一處是完好的。

一身有型的純黑打扮。

比起這些——環繞在他身旁的空氣，才是黑得嚇人。

那深邃、不見光明的黑。

很明顯的——但所站立的位置，一點光線也沒有。

與目前為止的三人。

氣氛截然不同。

「不過貫通身為背叛同盟的一員，也算是盡到最後的職責而死的——雖然不到瀕死的程度，但只要像目前這般衰弱，我的技術就能發揮非常高的效用。」

「啊哈哈——出現了一個言詞怪異的傢伙啊！你有什麼事嗎？」

人識刻意虛張聲勢——沒錯，真的只是說說——他緩慢地站起身。

不。

無法站起身的說法還比較正確——當然，他需要拖延觀察對手的時間，但人識確實已經累壞了。

（算了，說實話——在目前的情況下，我也只能選擇逃跑。）

（自己的狀態那麼差，也不知敵人的真面目，話說——這傢伙還真令人不舒服。）

（目前為止——**死吹屍滅，是最接近曲識哥**的對手。）

少女趣味。

與零崎曲識十分相像。

正確來說，屍滅並不像曲識，而是曲識的感覺很像屍滅——不論如何。

對人識來說，肯定是相當棘手的類型。

「真是的——『咒之名』都聚集了一堆怪胎。一個個很難相處，有空的時候陪你們玩玩沒差啦——不過你可以告訴我嗎？為什麼要針對我——也就是零崎雙識呢？」

並不期待什麼正常的回答。

說實話，他其實也沒什麼興趣。

想要殺了零崎雙識的理由，大概會有一兩百個吧——而他目前也正參與了一場戰爭。

『小小的戰爭』。

『看不見的戰爭』。

毫無理由的，他的生命正受到了威脅。

因此，就算知道了也沒有用——去除那個理由，使得戰鬥無效的爭鬥，根本就無法去除。

而對那些不需要理由的對手來說，也是一樣的。

「我不知道。」

——屍滅回答。

「我沒有必要知道，也不想知道。還是說，自殺志願先生，你不喜歡毫無理由的死去呢？有理由難道就能死的乾脆些嗎？」

「……怎麼可能！」

一面這麼說，人識在確認自己的退路——同時他察覺到了。

場景依舊是住宅區，但不知道從什麼時候開始，路上的行人再度消失——貫通沒有使出的『清場』，死吹屍滅倒是馬上展現了出來。

（如此周到——在沒有後路的情況下，看來是無法輕易逃過這一劫……但若以自己目前的情況看來，逃走的可行性比較高吧？）

與其迎戰。

還不如逃跑。

（就因為是『咒之名』，戰鬥能力應該有限才是——物理性的攻擊較為薄弱。即使瞭解這一切——仍然感到很不舒服。）

（滿是舊傷的臉和手。）

（衣服底下的情況可想而知——那些傷令人感到不適。）

並不是被傷口本身給鎮壓。人識只是無法預測，那些傷口的存在意義。

人識目前為止所遇到的對手之中，先不論精神層面，鮮少有人像這樣帶著如此醒目的傷口——更明確地說，從來沒有。

即使在實戰經驗上令人識望塵莫及的出夢，應該也沒遇過這樣的對手。

理所當然的。

一名戰士，若是受了如此嚴重的傷，多半等著他的，就是死亡。

所以——才會感到奇怪。

所以才會覺得不舒服。

都受了那麼重的傷，他為什麼能若無其事地存活下來，然後像這樣站在零崎人識的面前。這位叫做死吹屍滅男子——

「不過，我有個提議！死吹屍滅先生，是吧？這關於你我的利益。讓我先問你一下，如果覺得不合理，你大可拒絕。首先，我啊——」

說一些無關緊要的話，人識轉移自己的視線——並將手中的『七七七』給丟了出去。

本來也不是自己的所有物，更不覺得可惜，目前情況也不允許。

張開刀刃，儘可能在投擲的時候使它迴旋。

命中並不是他的目的，或許恫嚇才是。

就算只有一剎那，只要屍滅將注意轉向『七七七』，人識就可以趁這個空擋一口氣逃離這個地方——意圖相當簡單。

不過。

那種算計，在第一階段就宣告失敗。

「……什麼？」

將『七七七』——

人識連扔它的機會也沒有。

不。

就連準備動作——他都做不到。

「——首先什麼？你說你首先要做什麼？」

屍滅毫無表情地說著。

對於零崎人識手中的凶器，罪口摘菜所製作的大型碎紙剪『七七七』，完全不為所動。

「我倒想問問你——對我有利益的事會是什麼？我可是最喜歡利益了呢！」

「…………！」

再次確認了那令人感到不妙的直覺。

這種感受並不是第一次——無法按照意識做出動作的這種感覺。

肉體指揮權被剝奪的感覺——也就是。

零崎曲識的身體支配！

「貫通拿手的特技為腦內干涉沒錯——比較起來，我的技術可就平凡許多，也就是常見的身體支配——不過，要排除一部分。」

「……排除一部分？」

人識「啊哈哈」地笑了。

和面對罪口摘菜時的手法相同，是虛張聲勢的笑——不過，除去這種戰略上的意義，目前，他也只能笑了。

身體支配。

都已經如此衰弱了——居然還……

「語帶保留的樣子啊——別裝模作樣了！有什麼招式就快說吧！那種無聊的策略，我一下就能逆轉！」

「逆轉？我勸你死了這條心。你不可能逆轉什麼的——在像這樣與面對我的當下，很遺憾的，你就已經輸了這場戰鬥啊，自殺志願先生。」

屍滅這麼說——接著**打開了右手**。

那看似毫無意義的肢體動作——卻伴隨著屍滅將手放開的動作。

人識的左手竟然也張開了。

握在手中的『七七七』——就這樣掉了下來。

「這——這是什麼？」

「這就是支配啊——而我的實力，就只能支配動作而無法控制言語。」

順帶一提，我的這個技術叫做『稻草人』——然後，聳了聳肩。

而人識的身體——也擅自聳起肩來。

彷彿如同鏡像反射般。

他的動作。

牽連著我。

（原來如此——我瞭解了。）

（雖不到腦內干涉，但也是控制的類別——讓我如他所想的方式動作。）

這應該還是建立在人的模仿精神之上——強迫他人模仿自己的動作。

從模仿而生的不止是藝術。

就連生命也是，說穿了也只是上一個世代的複製品。

而死吹屍滅即利用了如此的基本規則——在不知不覺中，自然而然的使得他的對象，零崎人識——模仿他的動作。

自我像是被偷走了般。

而發動的條件，就如同死吹屍滅剛剛所講的，只要與他面對面。

如果呈現倒臥的姿勢，或許就在他的技術所能發揮的範疇外——不過現在說什麼也沒用了，為時已晚。

除了武器職人罪口摘菜之外，不論是奇野既知還是拭森貫通，『咒之名』的手段，都在發現的時候宣告結束。

也就是說——沒有應對的方法。

只能像這樣慌慌張張的——不，動作像這樣受到限制，就連慌張的表現都無法做到。

（……話雖這麼說，這樣——還太弱了。）

（曲識哥的音樂支配可就頑強不少——雖然不想相提並論，但那傢伙的肉體支配——其實根本**沒有什麼大不了**的。）

肉體確實受到支配。

但——還不到限制的等級。

我能自如的說話——也能夠拉扯臉部的肌肉，露出笑容。不只嘴巴及嘴唇，就連指尖與腳趾都還能以公分為單位移動。

（而曲識哥的情況，應該可以被稱為精神支配——與其說是不得動彈，還不如說是強制使得動作的意識消失。）

（這傢伙不一樣——他只是利用鏡像反射的原理動作罷了。）

能夠斷言的，這有兩種逆轉的方式。

一是要人識放下『七七七』的部分——如果身體支配是那樣的完美且毫無缺陷，他根本不需要這麼做。無論人識手上拿的是刀還是槍，他也無需理會——一定有什麼理由。

或者是基於安全上的考量。

不過，另一個事實對人識來說才具有決定性的影響——**屍滅張開的是右手，人識卻是左手**。

並不是同樣的動作。

而是鏡像反射。

這以身體支配來說，算是相當基礎的等級。

外觀上的模仿。

只複製到表面。

領域可以說是相當的低——比起既知、摘菜及貫通等同伴來說，稍嫌弱了些——

（雖能限制人的動作，卻無法完全控制——他為什麼又是一個人行動呢？將我封印住後再找同伴來殺了我——）

（這招叫——『稻草人』是嗎？）

「除去一部分的意思是說——自殺志願先生，我可是具有支配肉體傷害的特意功力喔！」

「傷——害？」

「**我所受到的傷害——全都會轉移到支配對象身上**。」

原來是稻草人的詛咒。

死吹屍滅取出懷中的雙刃刀——刺向自己的臉頰。

唰！

人識隨即做出同樣的動作。

話雖如此，但就如同他的推測，手法果然相當粗糙。人識雖將手伸進懷中，不過卻沒能拿出預藏的刀器——除了位置上的失準，他的指尖連刀子的握把都沒碰到——就這樣，空空的手，輕輕地觸碰了自己的臉頰，就像這樣複製了肢體動作而已。

但是。

臉頰——卻劇烈的痛了起來。

疼痛甚至貫穿到了另一邊的臉頰上。

「這就才是我的技術——稻草人。」

拔下穿過臉頰的刀，血大量地湧出——不過，他卻毫不在意似的。

死吹屍滅繼續說。

「我所受的傷害，同樣也會發生在你的身上。當然，這只是支配——實際上你並不會流任何一滴血。」

疼痛卻是共有的。

以相同的量。

屍滅這麼說道。

「……啊！」

實在太過疼痛——而傷害部位在臉頰，根本連聲音都發不出來。即使知道那痛楚只是一種錯覺——即使一滴血也沒流，人識所感受到的痛覺，卻如同事實般真實。

（這傢伙有病——他的心理狀況一定有問題！）

這已經不是技術層面的問題。

這傢伙——為了使對方受到傷害，不惜殺害自己的身體。

終於瞭解屍滅身上的傷代表什麼意義——那恐怕，不，應該是肯定都是自我傷害所造成的。

自己造成的傷口。

為了傷害對方。

為了取對方性命。

肯定自己的死亡——

（維持不敗——以生存為本體的。他和我們『殺之名』的人完全不同啊！）

這就是『咒之名』的共通點嗎？

還是『死吹』的特性呢？

又或者是死吹屍滅的個人特色？

若想要判斷，素材還不夠多——再這樣下去，人識非但不能知道那些答案，甚至連未來也都沒有了。

「……嗚啊！」

更劇烈的疼痛，目前竄流在人識右上臂的部分——屍滅他將方才的那把刀，再度刺進自己的左手手臂上。

屍滅流著血。

人識卻沒流血。

但疼痛是相同的。

分享——同等的痛楚。

「……你能夠瞭解我當初說的那句話是什麼意思了吧？這種技術，就是要在你如此衰弱的情況下發揮，才有意義——即是疼痛的量相同，但不是戰士的我，所能夠承受的最大值一定比你來的低。受到同樣的傷害，先死的還是我。但拜貫通所賜，如今在同等值的傷害下，先死去的——肯定會是你，自殺志願先生！」

唰唰唰唰！

屍滅一邊說，彷彿把自己的身體當做劍山似的——不停地刺著。

總計四回。

從未感受過的痛楚，在人識的身上流竄——即使咬緊了牙仍舊難以忍受。

從未受過的傷害。

未知的損傷。

經模仿而來的苦痛。

「哈……啊哈哈！」

不過。

光是如此——就覺得自己的臉頰快被撕裂了。

不論是否為了虛張聲勢，人識笑了。

然後，甚至開口——說話。

「原來是這樣啊——真是不錯，死吹屍滅。不過啊，這個理論如何？我如果是你的鏡像反射——同樣地，你也是我的反射，不是嗎？」

「……啊？」

人識順利地表達了他的意思，死吹屍滅竟露出了不可思議的表情。身體各處大量出血，卻毫不在乎的——歪著看著他。
「你是指說，你被我的動作擺布，而我也同樣的會受你牽連的意思嗎？哈哈，道理來說沒有錯——但是，你沒有受過任何的訓練，就連我的支配也無法擺脫不是？」
「唯獨曲識哥才有可能使你的支配失去效力吧——不過。」
人識突然停頓。
然後想了想。
「想要躲過你的支配卻意外的簡單。」
他說。
不，他不是在思考。
而是做出了覺悟。
（沒錯——這麼說來沒錯。）
（只有——一人。）
（在我認識的人之中，唯一會為了殺害對手而傷害自己的，那麻煩的傢伙她——）
她既不屬於零崎一賊。
也不屬於『殺之名』。
甚至——不能算是戰士。
（為了讓對方支離破碎——不論是狼牙棒還是武士刀，她都可以不顧一切地撲過去——）

仔細想想。

人識與那位少女的戰鬥——對於零崎一賊來說，即是『小小的戰爭』的開端——不就為戰爭拉開了序幕嗎？

「！」

瞬間，屍滅突然驚訝不已。

人識背後的電線桿——在沒有外力的情況下，突然被折斷。

與其說是被折斷——其實就是斷了。

不——從電線桿的根部開始切斷。

「曲弦線——病蜘蛛。無需幾公分，只要移動手指幾公釐，就能夠操控的技法，不過——」

人識小聲地說。

「實在太痛了——本來還想要以其他東西作為目標，但在五十公分的射程距離之中能夠操控的，只有那只電線桿。」

小小聲地，呢喃著。

『用途』——是做為錘子。

從根部斷裂的電線桿，在左右的電線拉扯下，像是巨型鐘擺般搖晃——

直擊人識的身體。

屬於輕量級的他，飛得遠遠的。

從背後而來的一擊，本來能利用反射神經來閃躲，但卻命中了被封印住的人識。

也就是說——除了使周圍一帶陷入停電的狀態，就像是奇野既知當初將整個市區給捲了進來，那強硬而粗暴的手法一樣——但也如人識所說的，他就此離開屍滅的支配。

而接下來被連帶運動給『打飛』的，就是屍滅本人。

鏡像反射。

對人識施展的技法，同樣也對應在自己身上。

不管有無意圖——做出同樣的動作，受到同樣的傷害。

「啊——哈啊！」

對於沒有肉體上鍛鍊的非戰士屍滅來說，這記打擊所造成的傷害，絕對在刀器之上。

他不由自主地放開手中的刀。

「然後，輸的人是你，死吹屍滅！」

在短短的滯留時間內——人識說道。

這次可不是低語。

若是不能讓屍滅聽到就沒有意義了。

「我雖然放掉了碎紙剪——但**我身上各處卻藏有上百把的刀器**。所以我一直都會很在意自己倒下的姿勢——中毒倒下的時候，裝做失去目的而倒下的時候，都會反射性的保護自己。不過，受到鏡像牽制的現在，卻沒有那個餘裕。」

上百把刀，確實是誇飾，但在這種場合這樣的誇飾是必要的。

這都是——支配的原理。

若是不能以在西裝下所以看不到，如此單純的道理，造成同等值得傷害——我會感到很困擾。

所以我必須讓他知道。

接下來的我。

和他。

將承受——相同致死量的傷害。

分擔同樣地——痛楚。

「啊……不要啊啊啊啊啊啊啊啊啊啊啊啊！如果你這麼做……真的會死掉啊啊啊啊啊啊啊啊啊啊啊啊啊！」

屍滅大吼大叫了起來。

對於無法在空中翱翔也無法飄離地面的人識來說，絕沒有商量的餘地。

而現在想要解除支配也已經太遲了。

生死與共的鏡像反射。

就如同業障般的稻草人。

「套一句西条玉藻常說的話——請你為我支離破碎吧！」

人識說。

然後，毫無防備且不顧一切的——往地上一倒。

◆　◆

最後的結果——死吹屍滅死亡，而零崎人識存活下來。這只能算是偶然。

根本稱不上命運。

單純只是因為，在西裝內設置的刀器，唯一造成嚴重傷害部位，是在人識的右胸，但經由鏡像反射，那把刀卻深深地插在死吹屍滅的左胸膛上罷了。

第九章

「如果失敗為成功之母，那成功既為破滅之父。」

◆　◆

有兩個人在談話。

「沒想到會走到這一步。」

「走到這一步的意思是？」

「自殺志願確實厲害，真不愧是零崎一賊。不得不承認，也不得不甘拜下風。而結果令人悲傷，既知、摘菜、貫通、就連屍滅也倒下了——」

「事態真的相當嚴重。與其說是出乎預料，還不如說是違反常理——我們是否誤會了什麼？」

「不是違反常理，而是違反利益。六人之中，已失去了四人。」

「失去了。」

「這代表背叛同盟已經無法挽回地輸了——就算現在殺了自殺志願一人，又有什麼意義？事態會好轉嗎？而我們所獲得的報酬，真的值得嗎？」

「不值得。最多只能死兩個人。」

「沒錯，死兩人而殺一人，這還算符合利益。」

「也算合理。」

「不過，死四人殺一人就是極大的損失。」

「沒錯。接下來就是矜持的問題。」

「矜持？這對我們來說毫無意義，也是世間上最無聊的東西。只有笨蛋才會在乎自尊。我們所有擁有的，是醜學而不是美學啊！」
「你說得沒錯。」
「確實，如果是你一定可以打倒自殺志願，或者我也可以。如果是我們兩人，達成目標的可能性相對來的高——不過，我認為已經沒有必要了。」
「喔？」
「喔？是什麼意思？」
「真沒想到咎凪尖離會說這種話。」
「我也不覺得這會是時宮時雨的臺詞。」
「排行第六也不過如此。」
「排行第一也不過如此。」
「自殺志願必須得死，不只是因為『軍師』的委託——那已經無所謂了，只能算是一個毫不重要的契機，一個開端——但我們已經出手了，對零崎一賊出手。就如同你所說的，真不愧是零崎一賊——也就是說，即使現在收手，那些傢伙也不會放過我們。如此一來也只能拚到底，分出個勝負才行！」
「我懂你的意思，卻不能同意。我們應該要立刻撤退，雖然不知道你是怎麼想的，但以我的技術來說絕對能夠逃得掉。這才是有餘裕的賭局。」
「有的不是餘裕而是預知吧？」

「那都無所謂。」

「呵呵。背叛同盟——由『咒之名』六名組成。大家雖說六名成員都相當瘋狂，不過就因為是我們六人，才能使一個組織，一個集團成立且運作。如此一對一，只剩下兩人的情況，別說是組織或集團了，就連個小隊也無法成立。」

「嗯。這個意見我同意。到了這個地步，我也不怕跟你說。時雨，整個背叛同盟之中，我最討厭你了。」

「提到厭惡，我也是一樣的。我對你的厭惡程度，絕對不亞於你對我的討厭——尖離。」

「這樣啊。」

「沒錯。」

「利用你，卻不信任你。」

「不信任你，卻利用了你。」

「還真是有默契啊。」

「一點默契也沒有。」

「那麼，時雨，這樣如何？不如我倆大戰一場，然後以活下來那一方的意見為主。你不覺得這方法實屬公平，卻也相當不公嗎？」

「或許。如果我殺了你，就向自殺志願挑戰。你若殺了我，就隨你逃離自殺志願。是這個意思沒錯吧？」

「沒錯。」

「那麼。」

對話是那樣的自然。

他們不自然的互相殘殺。

不需戰鬥的——互相殘殺。

正如同組織名稱般，背叛彼此。

不只敵人，就連自己的同伴也不放過——以非戰鬥集團『咒之名』來說再合理不過的方式，背叛同盟最後的兩人，為了成為最後的倖存者而彼此攻擊，相互陷害。

然而，同樣身為『咒之名』，在兩人可怕的詛咒之下一決勝負的結果。

背叛同盟，最後誰也沒留下地，遭到殲滅。

◆　◆

「——啊！都走到這個地不了，我應該還能再撐一下。」

奇野師團的奇野既知。

罪口商會的罪口摘菜。

拭森動物園的拭森貫通。

死吹製作所的死吹屍滅。

四連戰獲得四連勝——但以結果來看，背叛同盟的四人也不是白白犧牲。

超越了極限，零崎人識已呈現瀕死狀態——好不容易存活下來，保住了一條命。

尤其是在與屍滅的戰鬥之中——非戰鬥狀態下所受的傷，無可抵抗的帶來嚴重的後果。

應該說，他並沒有獲勝。

雖然死的是屍滅，人識當然沒有輸——但卻是實質上的平手，無關勝負。

每一擊無疑的都是兩敗俱傷。

在屍滅支離破碎的情況下，人識也何嘗不是一樣。

一點辦法也沒有。

死吹屍滅既為稻草人，又是鏡像反射——便無法期待平手以外的結果。

照理說，為了能躲避追殺（尤其是經過這場大戰後），必須要處理掉屍滅的屍體才對。但毫無餘裕的人識，只能匆匆地離開現場，終於逃離那有如迷宮般的住宅區。

無論如何只能緊急撤離，搭乘末班電車，藏匿於終點的無人車站之中療傷。

雖說是療傷，但人識並非那方面的專家——只能仿照中學的時候，市井遊馬替他療傷的方式，以曲弦線的手法，強行縫合身上的傷口。

不過，在經過一番試驗後，人識果然並非那方面的專家——就如同對付摘菜時所說的，人識的曲弦線完全是以殺人做為取向。

相當拙劣的治療。

（總之，先想辦法讓表面不留傷口——身為專業的戰士。不然，還不知道會被哥哥怎麼數落呢！）

（但是，還剩兩個人啊。）

從服飾店取得的縫線，全用來治療傷口了。雖然不是自己本身的技術，卻發揮了殺手鋼般的效用。

真沒想到會走到這一步。

就像是在等待今晚不會再到來的電車般，人識盤踞在長椅上，茫然地望著天空。

奇野既知的毒藥。

罪口摘菜的武器。

拭森貫通的迷宮。

死吹屍滅的鏡像。

累積的傷害，豈是如此簡陋的治療能修復的。照理說，目前的人識應該躺在大醫院中接受密集治療才是。

如果可以，人識自己也希望能這麼做。

別說是戰士了，即使是普通人都能輕易打贏無力的他。人識從來像現在這樣虛弱過——

（那個……除了奇野、罪口、拭森、死吹之外——還剩下誰？排行第一的時宮和……排行第六的咎凪啊！）

到目前已經可以確定，背叛同盟全都是由『咒之名』所組成的集團。

（希望下一位刺客會是咎凪——比起時宮，咎凪可以先來就好了。不，『殺之名』排行最後的也是出手無用，不可觸碰的石凪・死神集團。看來即使是最後一名也沒什麼好指望的。）

排行也只是排好看。

完全沒有基準可言。

即使剩下的兩人之中，較容易對付的人先出現，然後再因為一些奇蹟而逃離魔掌——但不論怎麼想，當中一定會造成不小的傷害，卻仍要持續戰鬥。已經可以預見，那最後一人前來索命時的狀況。

那畫面令他悲傷的清晰不已。

人識就連拋下一切，逃之夭夭的體力都沒有。

說穿了，不論過程如何，最終的情況還是不會改變。

（算了——我的人生不就是這樣？）

（如此而已。）

（從未期待什麼好事發生——也不覺得努力就能換來快樂結局，更沒想過未來的幸福。既沒什麼想要的東西，打從一開始，也沒有什麼是值得我在乎的。）

（反正，我一無所有。）

所以。

活著無所謂，死也無所謂。
哥哥就不同。
老大和曲識哥也不一樣。
從未想過——需要家人。
（但我非常滿足。）
（中學畢業後的數年——一直是自由的。）
（想做什麼就做什麼。）
（也不需參與那無聊的家族遊戲——）
算了。
就先一個人走下去吧——
「背叛同盟的一人——時宮時雨。」
就這樣現身了。
深夜的車站月臺——不。
他就站在軌道上。
位於人識所坐的長椅——正前方。

不對，不是『他』，而是『她』嗎？

她的姿態——即使是精神狀態極度疲憊的人識，也不免感到有些震驚。

從什麼時候出現的。

毫無察覺令人識受到了衝擊。

過長的黑髮。

封印雙手的拘束衣。

那過度好戰，閃閃發光的雙眸——

「……出夢？」

匂宮雜技團的年輕王牌。

狂人博士，喜連川博士所製造，匂宮雜集團第十三期實驗的『功罪之仔』，生產途中的瑕疵，史上最大的失敗作品——『食人魔』出夢。

零崎人識的舊友兼敵人。

在人識的認知之中，他是最強的對手——

「匂宮——出夢。」

「才不是！」

面對人識的呼喚——『匂宮出夢』否認了。

那絕對是出夢的聲音，人識非常確定。但他卻以出夢的聲音，及出夢的口氣，開口否認。

「哈哈哈啊——」

然後笑了。

那不是匄宮出夢的『匄宮出夢』繼續說。

「先說好了——我可是背叛同盟中的一人，時宮時雨啊！哈哈哈啊——原來如此，你把我當做匄宮雜技團裡的誰啦？出夢？出夢？我可不認識那傢伙——」

「…………」

「哈哈哈啊！不過還真有趣啊！竟認為我這個時宮醫院戰士，會假扮成匄宮雜技團的人——」

（……啊啊。）

（話說回來，好像有人說過……是哥哥嗎？還是出夢呢？時宮是操想術師集團——也就是說，擁有入侵他人心靈的能力，並將其抽離——）

如果拭森貫通的技術為腦內干涉，那時宮時雨的技術就是精神干涉。

支配恐懼和懦弱之類的，他還說了很多——好像甚至能使人出現幻覺與陷入幻想。

而人識目前所看到的匄宮出夢——那出夢的人像，出夢的聲音，全是與時宮時雨的人和聲音給搞混了。

不，這肯定不是誤認。

既沒有錯，也不會有誤。

不論有沒有搞混，只要人識如此認為——那個認知就是正確的。

（啊哈哈——怎麼搞的，一瞬間還以為是出夢本人呢！在最糟糕的情況下，出現了最糟糕的傢伙。）

（明知道他是個假貨，看起來卻跟真的一樣——明知道是一種手法，確仍然無從破解。）

「——就算我真的偽裝成某個人的樣子，那也無所謂吧？自殺志願先生。」

匂宮出夢。

在人識的認知之中，匂宮出夢與零崎雙識兩人並沒有直接的交集。所以，當這臺詞從她口中脫口而出，還是缺乏了現實感，但眼前的『匂宮出夢』既是時宮時雨，而自己又被誤認為雙識的的情況之下，其實也挺自然的。

問題是——明白那種**矛盾**，人識卻依舊認為眼前的敵人還是『匂宮出夢』。

（在他報上的名號而登場的瞬間，狀況就已經結束了——是標準的『咒之名』啊！）

（而且支配能力如此的強大，看來是無法可能靠自己的力量擺脫。）

（排行第一——時宮。）

「在**你的認知之中最強的敵人**——現在就在你面前重現！」

『匂宮出夢』——時宮時雨說。

他得意地將自己手中的牌給掀開——那種行為本身就和以往所遇到的背叛同盟的成員一樣。不過，時宮時雨的情形又有些不同。他的自負、自滿、與自誇，在根本的意義上卻有些偏差。

對於時雨而言——

若是要他親自點出這個事實——即代表支配的手段又強化了。

有如蜘蛛的盤絲洞——為了將人識五花大綁。

時雨故意這麼說。

「不過話雖這麼說，還是令人相當意外啊！連哭泣的孩子也不放過的零崎一賊的兄長，自殺志願，竟然將匂宮雜技團的人自己放在前面——占據最強的地位，這真是二十世紀以來最驚人的消息啊！」

「…………」

那不正經的口氣也和出夢如出一轍——實際上，時雨的說話方式並不是這樣的吧？不過從人識的耳朵聽來，就是如此。

「啊哈哈——哈、哈！」

人識他。

不顧一切的——放聲大笑。

「看樣子，好像我越努力哥哥的評價就越是下降——真是痛快啊！不好意思，我的動機變得更強大了——」

「啊？你在說什麼？太小聲我聽不到啊，自殺志願！」

「不不，自殺志願什麼也沒說啊——出夢。喔，是時宮時雨。」

說完，人識從椅子上站起身，往軌道一跳。

著地時的衝擊，令他痛不欲生。

光是如此，就差點要了他的命。

想盡辦法撐了過去——如今，他與對手站在同樣的視線高度，面對面站著。

（這樣的狀態，怎麼想都覺得滑稽——我把時雨當成出夢，時雨卻錯把我當成哥哥，就這樣對峙。）

（這樣——才能算是真正的——）

（——傑作啊！）

「哈哈啊——沒錯，就是這樣！自殺志願。在我殺了你之前，先告訴你一個有趣的消息吧！背叛同盟中追殺你的刺客——我是最後一個。」

「啊？這是怎麼一回事？不是還有一個人嗎——我不確定他是不是叫做咎凪，但背叛同盟總共有六個人對吧？而你是第五人。」

「這應該就叫做內鬨吧？反正我們起了一點衝突，而互相殘殺——很棒的情報吧？也就是說，如果你打敗了我，就能從如此不合理的情勢中得到解放——」

時雨把話說的更明白。

公開背叛同盟的內幕——做為戰略。

「——內鬨啊。意見紛歧，互相殘殺。原來如此，還真像是『咒之名』會做的事。不過，你現在和我說這些又有什麼用意呢？確實是很有趣的情報，但讓我知道這些對你一點好處也沒有。得不到利益不是嗎？」

「當然會得到利益啊！有道理又有好處。不過聽你的意思，自殺志願啊！你有自信能夠打敗我對吧？如果打敗我就能結束這一切——你肯定會這麼做的，是嗎？」

時雨——如同匂宮出夢般笑著。

這也僅止於。

人識混亂的認知之中。

「不過，怎麼想都不覺得你能贏過我。在受到支配的情況下——我就是你不可能達成的目標。越是努力，擋住你去路的牆就越高——人啊，越是要你放鬆，反而會更緊張呢！」

過去只有一個人，對我的操想術不為所動——嗯——名字裡頭好像有東南西北吧——那傢伙根本不把心中的最強當作一回事呢——

帶著令人不悅的微笑，時雨一邊說，然後往前踏出一步。

為了戰鬥。

為了非戰鬥。

一口氣——朝著零崎人識撲了過來。

「但你並不是那個人啊，自殺志願——因為，你必須仰賴戰鬥！你慣於做一個殺人者！若是無法對戰，就一點辦法也沒有——只能說，這應該是你所期望的吧？身為一名『殺之名』的戰士，光榮的死於戰鬥之中！」

「——好了！就死在你自己的幻想之中吧！」

「真是令人厭煩！」

時宮時雨撲了過來。

和軌道成一條線，身體像是行駛中的列車般——

人識將手中僅剩的武器，如同花束般丟了出去。

從自製的『自殺志願』到『七七七』，甚至是銻刀也不例外，全都朝著他的身體丟了出去。

用收藏這個名詞，範圍太小了，根本不足以表達。肉體的延長線上的一部分，或者應該說是全部的定義——刀器。

如同炸裂而開的禮炮。

然後，就這樣。

一把不剩的——全都刺中了匂宮出夢。

不，命中的對象——是時宮時雨。

「在最後還是跟你說聲謝謝——謝謝你告訴我要**用盡最後一絲力氣，奮力一搏**，時宮時雨！」

而現在的自己就像是一條風乾的抹布——人識腳步踉蹌。

不過，已經不需要擔心了。

倘若就這樣失去意識，攤倒在枕木上——人識的身上，連一把刀也沒有了。

但他還是用盡了力氣。

維持站立的姿勢。

「嗚……啊、啊啊！」

對照的結果，倒下且崩壞殆盡的是時宮時雨——他發出悲鳴。

不是匂宮出夢而是時宮時雨。

貫穿了脣、舌、喉及肺臟——對於在自己身上所發生的不合理現象，拉高音量，全力地表示著抗議。

「為……什麼！發生什麼事！那不可能戰勝幻想，最強的幻想——竟然能如此輕易的打破？」

「欸？不要問我啊！問我幹麼啊？還不是因為你的技術有瑕疵？」

人識在心底發著牢騷。

搖搖晃晃的，用微弱的聲音低語。

「硬要說的話，也就是現實與幻想中的現實之間在拉扯。被幻想給束縛住的不是我，而是你自己。我的確覺得出夢是最強的對手，也從來不覺得自己有可能打敗他。不過啊，很現實的問題。」

竹取山之戰相遇後，已過了三年。

不管我們的關係是朋友——還是敵人。
那傢伙依舊沒能殺了我。
明明有那麼多的——機會。
「——因此，我從不覺得自己會輸給他。不論出夢再怎麼強，我都不會死在他的手上。同樣地，我也隨時有機會能取他的性命！」
「……怎、怎麼會！你這傢伙，竟然——竟然能夠承受如此膨脹的矛盾！」
也不能怪時宮時雨無法理解。
現實的問題——在現實中，他的技術是完美的。
如果是中學時期的人識，或是在見過無桐伊織之後的人識——應該都能發揮一定的效果。
不過，對這時期的人識卻沒用。
他像是兩面都是反面的硬幣——沒有人能夠窺探出他的內心世界到底隱藏了多少的矛盾，也沒有人夠真的瞭解他。
「不應該是最強的對手，如果是最棘手的敵人的話——時宮時雨。你如果讓我看到哥哥，也就是自殺志願的幻想——便百分之一百，能置我於死地。」
「啊——什麼？自殺志願？什麼意思……？」
忽略了時宮時雨的問題。
零崎人識一如往常的——「啊哈哈！」笑著。

「對了！時宮時雨，我也告訴你一個好消息當做回禮吧——我已經好久沒和出夢如此**平靜**的說話了。雖然是幻想——但還是令我相當開心。再跟你說一件事吧？剛剛所講的話，都是謊言，只是故作堅強罷了——我從來都不覺得自己有辦法殺了出夢。」

這應該能用自相矛盾來形容吧？

但我就是這種傢伙。

「我，真的好喜歡以前的出夢喔！」

說完，他靜靜地闔上了眼。

「——現在也是。」

像這樣。

低著頭，持續訴說著。

不過，聽他說話的人，早已不存在於現實或是幻想之中。

背叛同盟。

而零崎一賊的鬼子・零崎人識的大冒險，與令人聞風喪膽的『咒之名』六名之間的戰鬥——那一開始就結束的冒險，不為所人知的悄悄落幕了。

最終章

「結局」

◆　◆

於是，戰爭結束了。

那意義不明且毫無道理可言的戰爭終於結束了。

有人說它是『看不見的戰爭』，也有人叫它『消失的戰爭』，更有人用『小小的戰爭』作為稱呼，就像是歷史記載的半數以上的戰爭──有人並沒有將其視為一場戰役。

一股旋渦。

偶然的集合。

時間流動下的結果。

大概──就是這種感覺。

這不能簡單的用認識不足帶過──事實上，它既是一股旋渦，一些偶然的集合，也是時間流動下的結果──確實如此。

不過。

那旋渦、那偶然、那流動。

背後竟有一位指使者。

那個人，主導了這一切。

「…………啊。」

坐在全日本隨處可見的速食店內一角，手拿漢堡張開嘴──沒有特別的感慨，軍師・萩原子荻笑了。

以戰勝的宴席來說太過寒酸，然而子荻本來也沒那個意思——根本沒有什麼勝利可言。

她，不輸不贏。

對萩原子狄來說，戰爭就像是校慶——而她只是扮演好了籌劃者及活動長的角色。

沒有人表揚她。

但子荻的上司——也可以說是母親——確實因為她的行動——拓展了未來性，為子狄的背景——也可以說是組織——得到莫大的力量。

經由無數的失敗，無數的重來，才終於走到這裡——也就是現在。

失去了很多，卻也得到了不少。

利用、誘導、欺騙、煽動、帶領、催化、選擇、下放、誇揚、寵愛、扭曲、納入、背叛、聯手、主張、勸退、接受、陷害、說服、磨鍊、庇蔭、妨礙、打擾、幫助、協力、剝削、算計、觀察。

殺害殺害殺害殺人。

勝過殺手。

勝過暗殺者。

勝過殺人鬼。

勝過掃除者。

勝過虐殺師。

勝過善後者。

勝過死神。

不過這對子荻來說一點都不重要。

因為，她早就料想到了。

即使有事令她後悔，她也不願浪費時間後悔——頂多就是這種程度。

為此，她花了數年的時間，而少女的青春

——也消耗的差不多了。

所以，對於子荻來說，戰爭結束的意義不過如此而已——能夠悠閒地坐在速食店裡，津津有味吃著漢堡。

「——呦！子荻妹妹。」

子荻還在享受她的青春。

有一個人像是要與她共桌似的——在對面的位置坐了下來。

往後梳的頭髮，三件式西裝。

異常的身高——體格精瘦的男人。

「…………」

若萩原子荻是這場戰爭幕後黑手，那這男人——這殺人鬼，肯定就是檯面上的主角。

零崎雙識。

「我可以坐下嗎——呵呵。不過子荻妹妹啊！我知道很美味，但垃圾食物對美容有害不是嗎？尤其是像妳這樣青春期的少女。」

「——無所謂。」

她再度張大了嘴，咬下一口漢堡。

然後對雙識聳了聳肩。

「有時候要刻意傷害自己的身體，才能促進內臟的修復。環境太過安全也不能算正確的身體管理吧？」

「是沒錯啦！說得有理。」

雙識雖這麼說，仔細看才發現，他的托盤上放了三種口味的漢堡，量大得驚人，但以他的個頭來說，基礎代謝應該也不同凡響。

「不過，還真是敗給妳了——子荻妹妹啊！沒想到像妳這樣可愛的女孩，竟是引發如此大規模戰爭的主導人。」

「大規模？別開我玩笑了，雙識先生。不對，『大哥哥』——對你來說，只是場『小小的戰爭』不是嗎？」

子荻帶著淺淺的笑意說。

那並不是得意的微笑。

或者應該說——她的內心，其實相當的惶恐。

眼前的殺人鬼，按照子荻的計劃，是不可能活著出現在這裡的——
說實話，她從未想過如此的可能性。
為了理解現況，可能需要幾秒鐘的時間。
「——啊啊！原來如此——背叛同盟失敗了啊？還真是意外。」
「嗯？背叛同盟？那是什麼？」
「喔，你沒有聽說過啊？」
「沒有。但我倒是很瞭解從少女柔軟的肌膚所透出來的美妙溫度。」
雙識輕浮地說。
「就算妳安排了什麼『最後的刺客』暗算我——看樣子是一點成效也沒有。我想這都是因為我擁有家人的緣故。」
「家人。」
「沒錯，家人。在有危機的時候，他們一定會來解救我。互相幫助，互相依靠的同盟——沒有背叛完全信任的血緣關係。」
雙識得意地說。
子荻只是——點著頭。
「是喔！嗯……這樣啊……可能是有笨蛋認錯人了……或者……不，算了。就這樣吧！反正都已經結束了。」
本應該繼續思索那意外的成因，但是子荻刻意放棄，不去追究。

因為——

反正都已經結束了嘛！

該怎麼說。

她真的也——累了。

「呵呵。不過，零崎一賊如此的集團竟受妳這種年幼的少女給擺布，好強的阿贊知道了，肯定相當憤怒——不對，說不定很感動。別看他一臉彆扭的樣子，事實上卻是比我還嚴重的蘿莉控呢！」

「我並沒有擺布你們——同樣也並未成立。名稱雖然叫軍師，但打從出生開始，就是滿嘴的藉口。」

「如果妳是敵人就好了。」

雙識說。

「如果妳是敵人，然後直接衝著零崎一賊而來——懷抱著敵意、惡意及害人之心，試圖將我們殲滅，那該有多好？那麼，我就可以毫不顧慮的回擊——但事實卻不然。子荻妹妹，妳既沒有招來敵意也沒有造成對立。所以——這場戰爭，是妳獲得勝利。而我——我們輸了。恐怕所有的戰士也都輸給了妳。」

「……所謂的勝負。」

真是無趣。

她心底碎念著，然後像是藉由食物發洩情緒似的，一口氣將漢堡給吃光，然後——

「所以呢？你打算殺了我嗎？」

子荻說。

店內雖然人潮眾多，但對於聲名遠播的殺人鬼來說，根本不需吹灰之力——那又怎樣呢？她絲毫不在乎。

她並非豁出去了，也不是自暴自棄——更不是有所覺悟。

在經歷過大量的殺戮後，對生死也看開了——很遺憾的，子荻並沒有如此清高的信念。

只不過。

以目前的時間點，完成了主導『小小的戰爭』的使命——上頭還未交代新的任務。

無需背負任何責任。

無需擔心任何責任。

戰爭已經結束。

所以，沒有任務。

所以，沒有義務。

所以，沒有命令。

什麼——都不用做。

因此——就這樣被殺了也沒有關係。

萩原子荻。

並沒有接到必須生存的——指令。

「呵呵，我也可以這麼做啦——但我想還是算了。先忍耐著，把妳留給阿趣。若是用石川五右衛門的口氣——『自殺志願』不斬女人。」

「這樣啊！還真令人開心。」

子荻說完，便從位置上站了起來。

戰爭結束的現在——既然沒有要殺我，就沒有與零崎雙識繼續同桌的意義。

雖然不知道是因為什麼理由，但背叛同盟意外的失手——而自己身為軍師的身分也敗露了。

本以為目標都有達成。

（他也不像是個會到處張揚的個性——）

子荻心想。

對零崎雙識——或許有那種程度的信賴關係與交情。

天作之合。

自己都覺得彼此的關係相當奇妙。

出乎預料的——或許就是這部分。

從沒想過——自己能和任何任建立如此的關係。

一直以為。

自己與關係一詞，毫無關係。

「對了，『大哥哥』，離開前我可以說句話嗎？」

「請。」

沒有想要挽留的意思，他一動也不動地坐在位置上——只將視線投向子荻，以紳士的風範，要她開口。

子荻繼續說。

「你們——錯了。」

「錯了？」

「家人。」

她說。

扼殺自己的感情。

抑制自我。

運用話語。

「說什麼才能和性質——別開玩笑了。可能性與希望，那種不切實際的妄想也令人看不下去。必須仰賴那種東西——即是三流的證據。」

「三流啊！」

呵呵。

聽她這麼一說，雙識笑了。

毫不介意的微笑著。

「沒錯，就是三流。」
「妳是在否定家人這個存在嗎？」
「是的，我完全否定。」
不存在。
完全不存在。
但是——一提到你們。
提到零崎一賊。
明明不存在——卻是如此依賴。
明明觸不到——卻抓得緊緊的。
明明看不見——卻深信不疑。
明明無法感覺——卻甘願四處奔波。
「你們總是這樣。」
抬起下巴，子荻說。
話說回來，自己是從什麼時候開始，竟會毫無謀略的透露出最直接的感情——她一面這麼想。
（啊，原來如此！）
然後，她發現了。
才不是時間點的問題。

這是——出生以來的第一次。

「你們——錯了。」

你們。

一直都錯了。

「你們——非常可笑。」

「是喔。」

「令人難以忍受。」

「是喔。」

「真的——看了就火大。」

「是喔。」

「忍不住想要破壞這一切。」

「是喔。」

「壞滅後，重新修正。」

「是喔。」

「你們就是錯得這麼離譜。」

然後，深吸了一口氣。

像是將身體裡的一切一吐而盡。

「請你們認清自己的錯誤。」

子荻說。

然而。

聽完這些，雙識他——

「是喔。」

——就像這樣。

只是，點著頭。

沒有提出半點反駁。

自己的想法完全遭到否定——受了侮辱——輕視——卻一句話也沒說。

這是當然的。

無需理會這種議題。

不論有沒有價值——問題只在於。

軍師・萩原子狄的價值觀。

與殺人鬼・零崎雙識的價值觀——有著天壤之別。

子荻無法瞭解雙識所說的話，雙識何嘗不是如此。

即使瞭解——仍無法相容。

差異實在太大了。

雙方——都過於異常。

相距只有一公尺。

那不能算是距離的距離。
換個角度來看，卻是永遠的間隔。
對話能夠成立，已經是個奇蹟。
而兩人關係。更是奇蹟中的奇蹟。
「那麼……差不多該告辭了。」
「嗯。」
「啊哈！」
「呵呵。」
子荻拿著空托盤，背向雙識。
回學校吧！
一個人的慶功宴，還是不夠。
自己又不是那種個性，更何況——應該要邀請，派去牽制零崎曲識的危險信號，和零崎軋識身邊的西条玉藻才對。
一起去唱歌，喧鬧一番。
還是打個保齡球呢？
那也不錯。
前提是，她們必須還活著……
視線離開後，甚至還有些期待他能從後方襲擊，殺了自己。不過，從身後傳來的——

「子荻妹妹，妳不合格喔！」

如此的聲音。

不明白他的意思——但這種情感對子荻來說也是，第一次。

◆　◆

然後，就在萩原子荻離開後三十分鐘。

一位少年，像是走錯地方似的，進入同一間速食店。還沒點餐，就一直線的走向零崎雙識正對面的位置，一臉不悅且像是和子荻方才坐過的椅子有什麼深仇大恨般一屁股坐了下去。

頭髮染得亂七八糟，臉上有刺青的少年。

零崎人識。

身上卻穿著全不適合自己的西裝，到處都是裂口——不只是衣服，人識的內在與外在都遍體鱗傷，踉蹌且不確定的腳步，一看就知道全身上下傷得不輕。

該說是狼狽嗎？

根本就是一灘爛泥。

而雙識竟然什麼也沒問，對許久未見的弟弟——

「喔，這不是人識嗎？真是巧啊！有什麼事嗎？」

若無其事地說。

似乎完全不意外自己的弟弟會是如此的狀態。

「啊啊?沒什麼事啊!我怎麼可能會有什麼事呢?只是走著走著看到一個戴眼鏡的大叔,吃著與自己不相稱的漢堡,就近觀察了一下而已。」

對於雙識的問題,人識沒好氣地回答。

一面想著,這個不正經的哥哥,總是把自己當成小鬼看待的雙識,是從什麼時候開始直呼我的名諱的呢?

「肚子餓!請客啦!」

「你是來敲竹槓的嗎?」

「除此之外還會有別的理由嗎?」

「你頭髮怎麼染成這樣啊?什麼怪顏色!」

「要你管。自己染本來就染不好啊!」

「哼,聽阿贊說,你這傢伙還拿著我給你的手機啊?」

「啊?剛剛才壞了。那種事無所謂啦!下次給我堅固一點好嗎?對了,那個比較好!嗯,好像叫威圖(註1)吧!有了祕書功能,四處流浪才方便啊!」

「是喔!那,就這麼辦吧!下次我會去跟氏神先生說。好啦,肚子餓就趕快到櫃檯點你喜歡吃的東西吧!」

1 Vertu Ltd,成立於英國的奢華手機製造商。

「啊哈哈！」

人識笑了。

在哥哥面前，開心地笑著。

「我什麼都不喜歡也誰都不想殺。不過——我等一下打算找以前的朋友，好好做個了結，所以想先填飽肚子。」

「認真的做了結啊？」

「只是玩耍啦！跟那傢伙一直都在玩，更想一直玩下去。」

「笨蛋！怎麼可能一直玩下去呢？我曾經也像這樣，阿贊、阿趣和阿人都是。但人識，你總有一天要長大啊？」

「那是當然的。」

「總之。」

零崎雙識伸出他長長的手臂，拍著人識染得亂七八糟的頭。

「不要太晚回家喔！門禁是五點！」

他說。

人識不耐地將手給甩開。

（零崎雙識——兄弟關係）

（關係持續中）

後記——

個人的模式是有極限的，無論有多麼古怪獨特，極為罕見出乎意料的人物，一起行動幾次，或接觸幾次後，大概便曉得對方出現什麼動作，也就是讀出那人的行為法則。可以說是看得出來那個人的『做事風格』，或許也能辛辣地說人的模式是千篇一律。那麼，為了增加模式該怎麼做呢？其實只要增加人數即可——換言之，即使不是那種怪異性格的人，只要聚集兩、三個人的話，當然會出現化學反應，而從中產生的模式或許就不只三倍吧。總體參數增加，不確定因素或特異點產生的可能性當然就變高，與模式的增加有所關連——這不就是所謂的三個臭皮匠勝過一個諸葛亮、船長多，船就會被開到山上去嗎？然而不可思議的是，不知是否集團變成了一個個體，抑或是公平且平均地採用各方意見，集團的行動也變得容易讀取。而變成『那些人都是那樣』。假設集團誕生獨特的發想，也能用少數服從多數予以消除，因此在這層意義上，個人反而比集團較難預料下個動作。總的來說，人類這種生物根本無法逃離固有模式吧？生物是渴求安穩的，一旦確立適度的成功模式，就無需再增加模式的邏輯來說，就算模式少也無所謂，然而，因為渴求穩定的另一面，會促使人心想要挑戰去發現更好的模式。那麼，該怎麼做才能保持行動模式的最大限度？其中一項解答會不會是『結伴行動，但互不合作』呢？如果不是集團，而是個體的集合，不用被集團意識要得團團轉，也不會因孤高而凋零，或許就能持續打造獨自的模式吧。

話說回來，本書是人間系列的最終作，也作為關係四部曲前言的一冊。重新回頭讀過後，發現似乎也稱得上是本系列的第二集《零崎軋識的人間敲打》的續篇，各位認為呢？『背叛者同盟』的每一個人都很有自己的個性，事實上，如果去思考各個集團的標準，又或是所屬的團體平均的參賽者是怎樣的，似乎會錯失每個人個性的意義而感到害怕。然而，不用說所謂個性這個特徵其實是自卑感的反面，或許就像凡人想要突出，天才想要埋　這個願望吧——至少萩原子荻會希望自己過著普通女中學生的生活，最近我會這麼想。《零崎人識的人間關係　與零崎雙識的關係》就是這樣的感覺。

替封面畫新圖的也是之前的人間系列的插畫師竹老師。簡直美得不可方物……《與匂宮出夢的關係》《與無桐伊織的關係》《與戲言玩家的關係》等等的插圖，獻上萬分感謝。

西尾維新

浮文字

零崎人識的人間關係 與零崎雙識的關係

（原名：零崎人識の人間関係　零崎双識との関係）

作者／西尾維新　插畫／take　譯者／王炘玨
執行長／陳君平　榮譽發行人／黃鎮隆
協理／洪琇菁　國際版權／黃令歡
執行編輯／呂尚燁　美術編輯／李政儀
企劃宣傳／楊玉如、洪國瑋、施語宸
發行／英屬蓋曼群島商家庭傳媒股份有限公司城邦分公司　尖端出版
台北市中山區民生東路二段一四一號十樓
電話：（〇二）二五〇〇—七六〇〇（代表號）
傳真：（〇二）二五〇〇—一九七九
中部以北經銷（含宜花東）／楨彥有限公司
電話：（〇二）八九一九—三三六九
傳真：（〇二）八九一四—五五二四
雲嘉經銷／智豐圖書股份有限公司　嘉義公司
電話：（〇五）二三三—三八五二
傳真：（〇五）二三三—三八六三
南部經銷／智豐圖書股份有限公司　高雄公司
電話：（〇七）三七三—〇〇七九
傳真：（〇七）三七三—〇〇八七
一代匯集／香港九龍旺角塘尾道六十四號龍駒企業大廈十樓B&D室
電話：（八五二）二七八三—八一〇二
傳真：（八五二）二七八二—一五二九
馬新經銷／城邦（馬新）出版集團　Cite(M)Sdn.Bhd.
E-mail：Cite@cite.com.my
法律顧問／王子文律師　元禾法律事務所
北市羅斯福路三段三十七號十五樓
二〇二二年八月二版一刷

■中文版■

郵購注意事項：
1. 填妥劃撥單資料：帳號：50003021戶名：英屬蓋曼群島商家庭傳媒(股)公司城邦分公司。2. 通信欄內註明訂購書名與冊數。3. 劃撥金額低於500元，請加附掛號郵資50元。如劃撥日起 10～14日，仍未收到書時，請洽劃撥組。劃撥專線TEL：(03) 312-4212 ・ FAX：(03) 322-4621。E-mail：marketing@spp.com.tw

國家圖書館出版品預行編目資料

零崎人識的人間關係 與零崎雙識的關係 / 西尾維新 著
; 王炘玨譯 . --二版.　--臺北市：尖端出版, 2022.08
面 ; 公分.--(書盒子)
譯自:零崎人識の人間関係 零崎双識との関係
ISBN 978-626-338-031-8(平裝)

861.57　　　　　　　　　　　　111007685